JUANCHO EL FLACO Y SU GUERRA AJENA

♥

Haffe Serulle

ᗯ

XN-ARETÉ PUBLISHERS
Miami

Primera edición Santuario, Dic, 2014 R.D.

Segunda edición en español corregida y ampliada
XN-Areté Publishers, Oct, 2018

Edición a cargo de Xotchil Dueñas
Asistente de Edición / Amanda Izquierdo

Imagen de la cubierta óleo sobre papel plastificado ©
Haffe Serulle

Fotografía de imagen Mariano Hernández
Fotografia del autor en la contra portada Mairobi Herrera
Diseño y texto interior XN-Areté Design-Miami
Diseño de cubierta Arq. Shara Serulle-R.D.

www.xnareteart.com

ISBN en tapa blanda: 978-173 123 0577

Impreso en los Estados Unidos de América

ÍNDICE

TAMBIÉN DE HAFFE SERULLE

A los que aborrecen las guerras ...

"La gigantesca tarea de la literatura
latinoamericana contemporanea
ha consistido en darle voz
a los silencios de nuestra historia,
en contestar con la verdad de las
mentiras de nuestra historia,
en apropiarnos con palabras nuevas
de un antiguo pasado que
nos pertenece e invitarlo a
sentarse a la mesa de un presente
que sin él sería la del ayuno."

(CARLOS FUENTES) citado en R. ECHEVERRíA : HISTORIA Y FICCIóN EN
LA NARRATIVA HISPANOAMERICANA, PAG. 300.

Primera Parte

Juancho: largo, flaco. Helo ahí con los días heridos marcados en sus ojos ya muertos y en su piel saturada de pólvora. Juancho: caimoní partido en la noche serena, tronco de hiedra retorcido en el suelo reseco, pétalo de orquídea caído en las horas más cálidas, agua desviada de su natural cauce, o, si no: humedad incesante en torno a cada huella o silencio inesperado en el hilar prematuro del ruido.

¡Ah, Juancho, nunca encontraste las huellas de tu pasado más allá de tu huida! ¿Dónde quedaron atrapadas, Juancho? ¿Quién o quiénes se aprovecharon de ellas? ¿Cómo no te diste cuenta de que dejabas atrás lo aprendido a mi lado? ¿Por qué obraste de esa manera, Juancho? ¿Cómo no reconociste a tiempo tus errores? ¡Ah, Juancho, el recuerdo de tu infancia se diluyó en las estaciones de la vida muelle y pasajera!

¡Qué dolor en mi alma, Juancho! ¡Cuánta amargura en mi voz! ¡Cuánta tristeza en mis ojos! ¡Ah, Juancho: sopor y delirio a mitad de la noche; ojos de buey, patas de canguro; piel de cebra, boca de pez; ronquido obstruido en el pulmón lesionado; llaga abierta allí donde la luz vive escondida! ¡Ah, Juancho, ya no hay marcha atrás porque estás muerto! ¡Estás muerto, Juancho, pero estás en mí como si estuvieras vivo! Estás en mí, Juancho, y por eso te pregunto, y no dejaré de hacerlo, ¿por qué rompiste la caja de cristal que tenía yo reservada para tu futuro? ¿Por qué, Juancho, te envolviste en la opacidad de remolinos de arena provenientes del desierto? Dime qué originó que tus pasos se desviaran tan dramáticamente del camino trazado por mis advertencias y consejos.

¡Ah, Juancho, infantil en la cara de la luna; soberano y solapado en los rayos del sol; diestro en las caminatas por el cielo; raíz que buscó desde su nacimiento las sombras de los ríos! ¡Juancho, valiente ante el peligro imprevisto! ¡Juancho, solidario y desprendido! ¿Por qué trastocaste estos valores, Juancho? ¿Quién te indujo a negarlos?

Juancho, Juancho, después de tanto empeño mío en enseñarte la verdad, ¿por qué le cediste el paso al cúmulo de falsas historias y mentiras que se yerguen sobre esta desventurada tierra, donde la niñez se vuelve insana en el meridiano de una cobertura rayana en lo absurdo? ¡Ah, Juancho, dejaste que te tocara la brisa contaminada y vagabunda!

¿Recuerdas, Juancho, cuando te decía que ser honrado a carta cabal y recordar siempre nuestro ayer es lo primero, y dar de sí es un compromiso de vida? Por eso, mientras la edad se nos retuerce en la piel como segmento de polvo abatido por el viento, debemos preguntarnos sin demora si fuimos capaces de aprovechar las horas pasadas, qué hicimos antes, qué obra de valor humano realizamos, a quién le dimos luz, qué cosas aprendimos. Dejar pasar el tiempo, sin detenernos a reflexionar acerca de lo que hacemos, es enterrar nuestra memoria para que el presente se vuelva miseria del espíritu y dádiva que ronda la oscuridad de la mente.

De niño, te di conciencia del valor del tiempo. Te enseñé a llenar crucigramas, porque, además de conocer nuevas palabras, aprenderías que el pasado no vuelve. También aprendiste a elaborar esteras de cama con la corteza interior de un árbol parecido al damajagua. Más tarde nació en ti una exagerada afición por el dibujo, la pintura y la artesanía. Quizás alguna vez padeciste de daltonismo porque te confundías cuando te tocaba decir si un color era rojo o verde. Tiempo después echaste a un lado estas destrezas y me preguntaste, con voz sombría, si había alguna manera de hacerse hombre antes de tiempo. Aquella pregunta me caló hondo porque entendí que te marcaba para siempre. Pensé muchas veces en esa pregunta y me asusté. Me vinieron a la mente tantas imágenes: yolas abatidas por los vientos marinos, cadáveres que arrastran las olas en los tiempos de lluvia, azadas rotas a mitad del sembradío, cuerpos mutilados por la pólvora, un arado impreciso, la crecida de los ríos, el miedo en las iglesias expresado en los rezos, la cruz en el puño durante el ofertorio, el propósito de huir hacia lo remoto. En fin, la muerte de la aurora; el hálito del alba.

Sin sospechar que una terrible guerra ataría a la sangre tus mejores años de juventud, me oías hablar, desde muy temprana edad, de los más cruentos eventos bélicos producidos por el hombre. Te decía, recuerdo, que la sumatoria de los muertos a causa de las guerras duplica la de los vivos. Quizás tú no entendías la dimensión de lo que oías de mi boca, pero tus ojos se volvían brillosos cuando yo me refería a los alcances de la pólvora. Cada vez que tocaba el tema de las guerras patrias, decía a voz en cuello, con absoluta franqueza, que solo algunas de ellas dejaron huellas en nuestra historia. "Las demás son puro invento de la gente", afirmaba. Yo estaba convencido de esto porque de joven visitaba a menudo los montes, sabanas y lomas donde, según algunos historiadores, nuestros soldados pelearon duro contra las amenazas de invasores fronterizos o de otros lares. A la verdad, nunca me parecieron adecuados para tales hazañas esos sitios. "Después de confrontaciones tan crueles, como las reseñadas en los manuales de historia, debería aparecer por lo menos el cráneo de un soldado o de un invasor", pensaba yo. Hoyaba aquí y allá con la esperanza de encontrar un huesecillo humano. Un esqueleto completo hubiera sido lo ideal. Pero me conformaba con encontrar cualquier pieza, no importa lo pequeña o insignificante que fuera, siempre y cuando avalara lo dicho por quienes se creían sabios. Bastaba un cartílago disecado por el sol, que en esos lugares produce un calor abrasante. Durante días enteros hoyaba aquellas tierras. Preguntaba a los más viejos si recordaban algún episodio de guerra o si habían oído hablar alguna vez a uno de sus ancestros de tales hechos. Ellos, boquiabiertos, preguntaban qué guerras eran esas de las que hablaba yo. Entonces, les hacía nuevas preguntas, interesado como ningún otro de que ellos me entendieran.

—¿Quién de ustedes ha visto un fusil tirado en una piedra, un machete embarrado de sangre escondido en el polvo, un pedazo de uniforme enganchado en un cactus? –preguntaba yo.

Y a todas mis preguntas movían lentamente de

un lado a otro la cabeza, y mientras más preguntaba, más la movían. Me valía de múltiples artimañas para sacarles la verdad acerca de si las susodichas guerras habían acontecido o no. Solo uno habló y dijo lo siguiente:

—En otras partes los cactus son prodigiosos; aquí solo florecen espinas. Esas espinas mueren cada noche y reviven cada día.

En una de mis tantas aventuras en aquellas tierras pobladas de cactus, guasábara y de gigantescas piedras marinas pregunté a más de diez ancianos lo que tantos otros habían ya escuchado. Y sucedía lo mismo: se quedaban boquiabiertos, indudablemente asombrados. Todos coincidieron en señalar que nunca oyeron hablar a ninguno de sus antepasados de episodios guerreros acaecidos en esos montes.

—Contra quiénes iban ellos o nosotros a pelear si éramos tan pocos que nos conocíamos por nuestros nombres y apellidos, y, por demás, procedíamos del mismo tronco decían los ancianos.

El de más edad de aquel grupo se acercó a mí y me susurró al oído:

—No pierdas tu tiempo buscando pruebas de guerras creadas por el rumor y la mentira.

Me agarró por los brazos con sus manos que aún eran fuertes y en un aparte me dijo que advirtiera a mis hijos, si los tenía, que no creyeran en tales cosas porque aquí la mentira transita libremente con la noche y el día, y crece más que la verdolaga.

—De lo que nos queda, nada es verdad –dijo el anciano.

A la fecha, ningún mortal ha encontrado jamás en aquellos lugares un artefacto de guerra que dé sentido a las narraciones aparecidas en manuales de historia, avaladas por investigadores sociales: para mí son mentiras garrafales, diseñadas para apartarnos de las huellas marcadas por nuestros primeros pasos y alejarnos de nuestro origen.

Aunque apenas tenías tres o cuatro años, te hablaba sin parar del pasado con el propósito de que este iluminara tu futuro. Te hablaba, en realidad, de dos pasados: de uno inventado por los supuestos dueños de la vida para doblegar nuestra cerviz y de otro jamás referido por mortal alguno. Este último debe estar escondido quién sabe en qué camino, en qué ruta, en qué rincón del mundo. Seguramente está a la espera de una señal para abrirse paso entre la hierba y abrazar el cántico matinal de aves que vigilan costas solitarias, verdes montañas y llanos florecidos de colores. Ojalá ningún intruso quiera impedir su vuelo.

Solía repetirte una y otra vez que el primero de estos dos pasados está lleno de mentiras, y cada mentira tejida de intrigas y oprobio. Lo único real y verdadero de nuestro pasado es el grito que proferimos al nacer: este surca los cielos y no para de sonar, tal vez para poner en estado de alerta a la gente. Por nuestro bien, deberíamos propagar a menudo ese grito, aunque para ello atiplemos la voz.

Inmediatamente después de nuestro primer grito se configuraron como por arte de magia las mentiras. Una lluvia de insólitas mentiras anegó nuestro suelo y obnubiló nuestra mente, y no nos fue posible librarnos a tiempo de ellas. Se levantaron ante nosotros como muros inexpugnables y desde entonces somos despojos.

—No suframos tal afrenta –gritó alguien a viva voz, y murió en el acto.

De la nada apareció un contingente militar y acordonó a la brava el territorio. Quienes intentaron huir murieron de igual modo que el primero, con una bala en la frente y un cartel en el pecho que rezaba: CONSUMACIÓN DEL PECADO. El terror y el silencio, con su secuela de crueldad y muerte, se arraigaron en la población. Alguien, quizás el más valiente, exhortó a los jóvenes a no tener miedo, sin darse cuenta de que una constelación de manchas infernales se apropiaba de todo, hasta de los ríos que discurrían entre montañas. Quienes fueron testigos de este acontecimiento no sabían a qué carta quedarse, pero finalmente dieron su brazo a torcer y colaboraron con el desastre. Desde entonces, Juancho, mi querido Juancho, un nubarrón cubre el espacio y nos impide ver qué hay en el cielo. Aquella primigenia vida, con su fértil suelo y sus aves unidas al viento, fue totalmente abatida: poco de ella se conserva en el recuerdo de los vivos. Si no rescatamos nuestra esencia, Juancho, apenas seremos una sombra en el olvido.

¡Ah, Juancho, matiz incoloro perdido en la transparencia! ¡Reflujo de la medianoche, cuando las aguas de los mares están dormidas! ¡Juancho, Juancho, suspendido en las cuerdas más débiles del alba!

Desde muy temprana edad llevo conmigo la imagen de una anciana con un saco de henequén al hombro. Al saco no le caben más mentiras: de tantas, se desfonda, y estas corren a dos carrillos por los surcos que encuentran a su alrededor y van a parar a mares ignotos. Es decir, las mentiras se riegan como hormigas a lo ancho y largo del planeta y penetran subrepticiamente nuestras neuronas a fin de esclavizarnos.

¡Ah, Juancho, hay mentiras para cada época y para todas las edades! Sus hacedores, en verdad, aprendieron en tiempo de Maricastaña a mercadearlas. Desde entonces a la fecha han perfeccionado los mecanismos de control. Hoy son tan sofisticados que nuestra imaginación no alcanza a concebir cómo nos penetran. Indudablemente, la mentira se ha instituido como baluarte universal.

—Hasta nosotros somos una mentira –le dije una tarde a Juancho, mientras el sol se disponía a acariciar el horizonte.

Ya él era grandecito. Entornó los ojos, recuerdo, tal vez para mostrarme la amarillez de sus córneas. Me preguntó con miedo por qué si somos una mentira y lo sabemos no nos apartamos de nosotros mismos. Me sorprendió el nivel de su pregunta. En nuestro ámbito territorial no es frecuente que un niño interrogue de esa manera. Deduje, entonces, que Juancho era un ser bastante inteligente. En el acto, lo imaginé rodeado de libros. Y lo oí hablar ante una nutrida concurrencia de las mentiras que cual velo oscuro nos impiden ver los celajes y los colores de la verdad. Él hablaba por mí. "El miedo tiene su fundamento en la mentira", dijo. Sonreí orgulloso de él, olvidándome de que era imaginación mía.

—El miedo nos ata a lo viejo y no nos deja avanzar –añadió, y gritó a manera de conclusión–:

¡Acabemos de una vez y por todas con el miedo!

Lo aplaudí con delirio.

¡Ah, Juancho! ¡Qué iba yo a pensar que tú, de grande, en vez de libros y palabras libérrimas portarías armas y morirías en medio de gritos y balas! Mira adónde te llevaron las mentiras. Mira qué hicieron de ti. ¿Cómo un niño que corría libremente de monte en monte y marcaba las reses con especial fascinación, con un carimbo que conservaba yo de mis antepasados, vino de grande a morir en un desierto? ¿Cómo es posible que acontezca tal fenómeno? ¡Es como si el agua clara de un río se volviera de pronto sangre! Pero fue la mentira y no otra cosa lo que te marcó. La mentira te acercó a la muerte. Si no hubiera sido por ella, estarías vivo. Sí, sí, de seguro que estarías vivo.

¡Ah, el miedo, Juancho; el miedo! Yo te hablaba de los miedos que albergan en nuestra alma y en nuestros sueños, y nos arrastran hacia los confines de la inercia y la ignorancia.

—Como vivimos en el miedo, ignoramos qué es vivir –te decía.

Y tú, con tu voz infantil, pero sonora, me pedías que te lo explicara de nuevo porque no entendías el sentido de mis palabras. Me sorprendía que tú no entendieras algo tan simple. Entonces volvía a la carga. Me olvidaba de que eras un niño y te hablaba como a un adulto. En realidad, siempre te hablé como a un adulto. Te tomaba por los brazos y te acercaba a mí para decirte:

—En cuanto aparezca el sol, debes abrir las ventanas. Afuera está la luz, está el día, y el día tiene alas y ruedas, y por eso avanza: avanza hacia la noche, que es la antítesis de su propia quimera, como lo es la muerte de la vida. Desde que nacemos, inexorablemente nos acercamos a la muerte. Es un trayecto que no tiene torceduras, y nada ni nadie puede interrumpirlo. Pero en vez de acongojarnos por esto, debemos animarnos a vivir libremente cada segundo, cada minuto, cada hora para honrar el aliento del tiempo ya vivido. Es cuando la vida alcanza la plenitud de su sentido. Así, la muerte estará en condiciones de recibirnos como recibe una madre a un recién nacido.

Y luego añadía:

—Incluso de noche, si hay luna, es bueno que las puertas permanezcan abiertas. La Luna suele embelesar el alma y le permite al espíritu soñar con lo inalcanzable.

¡Ah, Juancho, lastimado en el vértice rotundo de tu esencia! ¿Cómo negar los rezos que cambiaron de rumbo tus pasos por la tierra? ¡Ah, Juancho, oropel guarecido en enjambres de besos! ¡Juancho, Juancho: luciérnaga, pedacito de estrella! En las correrías de la infancia eras volátil como cigua vespertina. Zancadas intrépidas en los valles. Buceador incansable en las aguas turbulentas. ¡Oh, Juancho del alma! ¡Estival golondrina en las alas del viento! ¡Oh, Juancho, arremolinado en la polvareda azul y agujereada de la noche! Dime, dime, Juancho, ¿por qué cambiaste de rumbo? ¿Por qué dejaste atrás el canto de los ruiseñores, el vuelo de los carpinteros, las graciosas palabras de los loros? ¿Por qué renunciaste a la tierra, a sus olores y sabores, y a sus frutos? ¿Y por qué, Juancho, decidiste perder el contacto con las estrellas fugaces, si ellas te daban placer y llenaban tu alma de magia? Realmente, no logro entender de dónde te vino la idea de negar el canto de tu niñez y la fragancia de tu juventud.

—De seguir en ese mundo, te pasarás la vida turbado y alicaído –te advertía.

Mírate, Juancho. Ahora sí es verdad que no tienes tiempo para nada, ni para ver siquiera el resplandor del alba. ¡Ah, Juancho! El tiempo, inexorablemente, vuela; ya te lo decía yo cuando apenas empezabas a caminar o a sentir el calor de la tierra y a tentar las arrugas de sus dolores. De tarde en tarde, de cuando en cuando, te sorprendía dando pasitos alrededor del jardín de la casa, y te gritaba:

—Vamos, Juancho; hazlo, que el tiempo apremia. En un pestañear se te irá la niñez; luego la adolescencia. Finalmente, te pondrás viejo como yo.

Tú sonreías, y yo celebraba tu sonrisa. ¡Cómo no recordarla si era pura fuente de ingenuidad! Una tarde sonreíste tanto que el viento se llenó de ti y se fue a los montes con tus labios. Después, cuando regresó, tu boca estaba húmeda de rocío, y allí, en cada comisura, tu sonrisa seguía viva, como anuncio de amor en una cara estrellada. ¡Qué rápido creciste, Juancho, y cuánto creciste! Tu cuerpo se alargó como un cedro. ¡Quién lo iba a pensar! Nosotros tan pequeños y tú tan grande. La gente creía que tú no serías una excepción en nuestro ciclo generacional. Pero tus piernas se volvieron ramos, igual tus brazos. Para sorpresa de todos, te volviste gigante. Fuiste siempre flaco, cómo no recordarlo. A diario te decía que debías alimentarte para ayudar a fortalecer tu cuerpo.

—Un cuerpo largo y endeble no es lo mejor para

lucirte ante una dama –te advertía, y agregaba–: Así como eres de largo, debes ocuparte de ser fuerte.

Entonces comías hasta hartarte, pero nada, no engordabas. Una noche te dije que no debías seguir comiendo con la idea de engordar.

—Debes tratar de ponerte fuerte, no obeso –te dije.

Te aconsejé correr y nadar por lo menos una hora diaria en el río.

—Ya verás qué ágil lucirá tu cuerpo.

¡Ah, Juancho, la vida pasajera, la vida que viaja por los senderos del olvido! La vida que no viviste porque cuando todos creíamos que ibas a abrirte paso por el ancho universo del conocimiento, el desatino de una sociedad enferma, por una parte, y la guerra, por otra, te atrajeron cual imán y ya no te devolverían sino hecho pedazos, carne calcinada. La mentira crecida y agitada en tus neuronas desterró tu pasado y traicionó tu presente. La mentirá te cegó. Cuando quisiste despertar, si es que alguna vez intentaste hacerlo, ya eras pólvora y fuego, sin saber exactamente dónde te encontrabas. ¡Qué ibas tú a saber, aunque ya eras parte del ejército de ocupación, que pisabas suelo iraquí! Pero, dime, Juancho, dime si lo sabías o no. ¿Te dijeron acaso que estabas en Irak? ¿O te vendieron la idea de que ibas a una misión de salvación? Dime, por lo menos, Juancho, si en algún momento te diste cuenta de que habías caído en la trampa de una gran mentira. Dime, Juancho, dime si en medio de aquel trágico drama atinaste a pensar que la verdad había sufrido un terrible revés y que tú jamás serías el mismo. Pero no puedes responderme porque estás muerto. Todos sabemos que los muertos no escuchan ni hablan. Quisiera (¿por qué no?, me pregunto) meterme en tu muerte y darle vida a tu cerebro, a fin de desentrañar una buena parte de tus pensamientos durante los cruentos episodios de aquella histórica guerra, de la que sí hay pruebas de los miles de muertos que llenaron el suelo iraquí, y de sus ciudades destruidas. Tesoros usurpados, torturas despiadadas, comercio ilícito…. No sé si podría meterme en ti para pensar desde ti y por ti. ¡Cuánto me gustaría! ¡Es que en este instante es demasiado importante para mí saber si te diste cuenta de todas las mentiras que se tejieron alrededor de aquella guerra! No vayas a pensar ahora que eran mentiras nuevas, no. Eran las mismas mentiras de todos los siglos anteriores al nuestro. Son las mentiras de ahora. Son las mentiras de siempre. Pero esta idea de meterme en ti quizá la retome más adelante, cuando toque de cerca el tema de la guerra que te quitó la vida o me olvide de ello para procurar cierta tranquilidad en mi turbada alma.

¡Ah, Juancho misterioso en el fragor de la magia! Las sombras silenciosas de la noche te envolvían hasta adormecerte. Eran sombras pequeñas, provenientes de imprecisos lugares, cuyos nombres se han borrado a lo largo del tiempo de la memoria colectiva. Pensabas que eran sombras nacidas en espacios diferentes de los que tú y yo conocemos, regidos por elementos siderales que no eran del dominio de nuestro conocimiento. Y te asustabas. Entonces corrías a mis brazos y yo te calmaba el miedo con canciones que componía al vuelo. A flor de labios, me salían a borbotones aquellas letras. Por suerte, en mi memoria están vivas muchas de esas canciones, que haría bien en escribirlas para que perduren como testimonio de vida.

Aguijón mañanero
no piques la piel
que engalana los huesos
de mi fiel hilandero.

Además de cantarte, te hablaba de la alondra fluvial en el tiempo y del carrusel que nunca se detuvo en el eje transversal de su armazón. Yo soñaba con una alondra cargada de lluvia y besos para todos, y quería llevarla en mis adentros. Igual soñaba con una rueda que iba y venía por todas partes, y propagaba en su girar cánticos amorosos. Veía así la vida, que era como la anhelaba para ti, Juancho, y para todos nosotros.

Para mí, la vida que vivíamos era una solemne mentira. Yo quería vivir en la verdad y para ella. Estaba hastiado de la mentira, pero me sentía cada vez más solo y acorralado, y me consternaba porque no entendía cómo la inmensa mayoría de la gente que pulula en las calles asimilaba la mentira como verdad y cohabitaba con ella sin prever las nefastas consecuencias que esta deja a su paso. Me paraba en las esquinas a preguntarles a los venduteros si reconocían que eran pobres e infelices. No respondían. Me pasaban por el lado y seguían de largo, indiferentes a mi pregunta. Yo insistía. "Al menos, díganme si saben por qué son pobres e infelices", les decía. Y todos respondían lo mismo: "Obra del

Señor". Me golpeaba la frente porque para mí este era el colmo de la ceguera. Me asustaba de solo pensar que Juancho fuera parte de esta falacia y se sumara al insólito ejército de quienes creen en Dios como hacedor de pobreza y sufrimiento. Entendía vital y necesario separar cuanto antes a Juancho de ese camino, que tantas espinas y cruces ha reproducido a lo largo de la historia. Yo no quería por nada en el mundo que él pensara como la gente común y por eso le hablaba desde niño que la historia de Dios, como ente superior al hombre y a la naturaleza, era muy inconsistente y no valía la pena creer en ella.

—Dios, como idea, como concepto, ha sido y es el principal aliado de los poderosos para mantener en el miedo y en la ignorancia a los infelices –le explicaba a Juancho.

Su vista se fijaba atentamente en el cielo. Después, él me preguntaba si el cura del barrio era mentiroso porque planteaba lo contrario de lo dicho por mí.

—Piensa, piensa, Juancho –le decía yo–. Ya estás en edad de pensar. No te dejes embobar por las palabras de los clérigos.

A Juancho le costaba trabajo entenderme porque mientras le hablaba de esto, él oía a cientos de extraños repetir lo que escuchaban en la iglesia.

Después de tantos años me pregunto: ¿cómo iba yo a convencer a Juancho de mi verdad si la mentira lo acechaba por doquier, agigantada? Pero nunca me cautivó su veneno, y todos los días, hasta que dejé de verlo, le hablé de la verdad como el instrumento inmediato para encontrar la paz. A fin de que él me entendiera, debía yo comenzar a hablarle de lo que para mí eran las dos principales mentiras: el ingenuo cuento de que Dios hizo el mundo en seis días y aquella otra de que Eva salió de una costilla de Adán. Para mí, ambas historias son el origen del engaño, pues a partir de ellas se establecieron los cánones de nuestra educación y se signó, como ley universal, la desigualdad. Pero ¿cómo ha sido posible que tanta gente haya asumido como verdad tales historias? Sentaba a Juancho en mis piernas, lo miraba fijamente y le preguntaba qué creía él al respecto.

—Piensa, piensa; razona –le decía.

El niño me miraba sin comprender hacia dónde enfilaba yo los cañones. Se quedaba en el limbo. Le sacudía el pelo para que me respondiera. Como no hablaba, lo presionaba. Un domingo en la tarde, le pregunté qué pensaría él si yo le arrancara una costilla y esta se volviera mujer.

—¿Te gustaría, Juancho? Dime, dime, ¿te gustaría? –le pregunté, impaciente por oír su respuesta.

—Solo Dios puede hacer ese milagro –me dijo.

Insistí.

—Piensa que yo soy Dios.

—Dios no tiene cara –dijo Juancho.

—No importa. Piensa que mi cara es la cara de Dios.

—¡Que Dios no tiene cara! –insistió Juancho.

Se asustó y corrió fuera de la casa, hacia el patio. Refugiado allí gritaba a voces que Adán era grande cuando Dios le quitó la costilla.

—Dios hizo a la mujer de la costilla de un hombre, no de un niño –vociferó Juancho.

Sorprendido ante su respuesta, me quedé en silencio. En verdad, yo creía que los niños asimilaban fácilmente historias creadas para adultos y viceversa. La prueba más fehaciente es constatar cómo estas historias de la creación del mundo y de la costilla de Adán han calado en la comunidad humana. Todavía, a solas, me pregunto: ¿cómo una mente sana y equilibrada le da paso a la mentira? ¿Por qué la mentira se esparce con tanta rapidez por los caminos de los hombres? ¿Por qué bajamos a niveles tan absurdos de adorar a un ser invisible, hacedor de lo bueno y de lo malo? ¿Por qué validamos como ciertas las historias que leemos en Génesis? Nunca convencí a Juancho de que mientras no nos liberemos de la mentira, no encontraremos la verdad y nos será imposible promover el significado y contenido de la paz.

¡La paz, Juancho; la paz! Cuando en mis manos se posaba una paloma, sentía una paz interior incomparable. La paz, Juancho, es un destello vital para el desarrollo de los seres humanos y debemos luchar sin descanso por alcanzarla. Ella nos fue negada desde que el fuego y el rezo se incrustaron en nuestra piel y desviaron el curso del raciocinio. Aquello fue terrible, Juancho. Ni los acontecimientos más apocalípticos registrados en la historia se comparan con lo que nos vino encima. Si describiera aquel hecho con imágenes precisas, podría aproximarme al espanto que sacudió y volteó de arriba abajo el reposo que prevalecía en este territorio, por entonces verde y fresco como el clamor de una vegetación pura. Solo de pensar en qué pudo ser aquello, se me estremece el alma y un escalofrío de muerte recorre mi cuerpo. A veces cierro los ojos y aparecen ante mí mares y ríos incendiados, huertos destruidos, planicies asoladas, cabelleras de niñas que nunca conocieron los dulces ingredientes del beso, aves que perdieron las alas antes de aprender a volar, hombres que corren aturdidos por inhóspitas planicies, o, si no, animales que quizás alguna vez existieron, con colas de acero y ojos de hierro.

¡Ah, Juancho sideral! ¡Juancho galáctico! De niño contemplabas las estrellas mientras yo te hablaba de fantásticos planetas y galaxias, del espacio y el tiempo, y del movimiento incesante más allá de lo infinito. Te hablé tantas veces acerca del cosmos que ya a los nueve años eras un maestro en astronomía, capaz de competir con cualquier adulto versado en las ciencias del cielo. Recuerdo tu afán por conocer los nombres de todas las estrellas. Hacías crucigramas con la idea de unir sus aristas y descubrir el significado de sus geométricos trazos. Mi intención era enseñarte pequeñas lecciones de astronomía. Me sorprendía de mi capacidad de recordar lo que había aprendido de niño. Te enseñé a amar el espacio, con los tantos misterios y dioses que lo engalanan. Ya por entonces querías conocer el contenido de esos misterios.

—Muéstramelos –decías.

—Los misterios no se muestran porque son invisibles –te respondía.

Y tú, inquieto y agudo como eras, repetías hasta el cansancio:

—Muéstrame los misterios.

Después, pausabas y enseguida preguntabas:

—¿Cómo sabes que son misterios si son invisibles?

En silencio, sin saber qué responderte, fijaba

la vista en el cielo. En efecto, lo invisible no se define como misterio ni como nada. Lo invisible es invisible: no soporta otra definición. Pero no, yo insistía en convencer a Juancho de que lo invisible existe más allá de nuestras capacidades. Me sentaba a su lado y con voz de maestro le explicaba:

—Todo aquello que no está al alcance de nuestra vista es invisible. El universo está lleno de cosas que no vemos.

De pronto, él me saltaba con una retahíla de preguntas que me anonadaban, tales como: "¿Cuántos dioses hay en el cielo? ¿Hay dioses negros y mulatos? ¿Tienen nombres diferentes? ¿Nacieron al mismo tiempo? ¿Se han repartido en igual proporción el universo?". Para no responderle con ligereza, pues no iba a aceptar de buenas a primeras cualquiei respuesta, me refugiaba en el silencio. Después, le imprimía a mi voz cierto aire de magia y le respondía:

—En cada punto hay un dios, que es el dueño del punto. Si el punto es rojo, el color de su dueño es igualmente rojo. Nacieron el mismo día y a la misma hora. Todos se dieron nombres diferentes.

—¿Conoces los nombres de los dioses? —me preguntaba Juancho.

—Sí —le susurraba al oído.

—¿Son como los nuestros?

Y yo le respondía que sí, que los nombres de los dioses son iguales a los nuestros.

—Cualquier nombre puede ser perfectamentc el de un dios —le decía.

—¿Kalín, Kalán, Kalón, Kalún son nombres de dioses? —preguntaba Juancho.

—Sí, hijo mío, son nombres de dioses.

Juancho sonreía victorioso y repetía para sí: "Kalín, Kalán, Kalón, Kalún".

¡Ah, Juancho! Quizá no recuerdes que yo te abría los brazos para que abrazaras la luz de la luna. ¡La Luna, Juancho, la Luna! ¡Fascinación y ensueño! Nunca te fuiste a la cama sin decirle buenas noches a esa cara casi redonda que nos mira desde las alturas, tal vez porque te inculqué a muy temprana edad que todo lo que ocupa un espacio en el universo merece nuestro respeto. En el caso de la Luna, respeto y admiración, por supuesto. ¿Recuerdas, Juancho, cuando me preguntabas si su cara era real? "¿De verdad ella nos mira?", preguntabas, mientras tus ojos seguían su curso. Tú no comprendías por qué a una determinada hora de la noche se encontraba a tu izquierda y luego, pasado algún tiempo, a la derecha. "Es que se mueve alrededor de nosotros", te decía. Pero tú no querías que la Luna girara alrededor de la Tierra porque la hacía dependiente de nosotros. Tu idea era que se moviera por todas partes y como a ella le diera la gana.

—Quiero que sea libre –me decías.

Para ti, ser libre era algo así como la energía generada por el cosmos. Siempre quisiste volar hacia donde la vista no alcanza a ver qué esconde la infinitud. En ti, volar se convirtió en un empeño, en una determinación, en una decisión. ¡Y es que desde muy niño soñaste con ser libre! De ahí, quizá, tu afición por la marinería. Es cierto que jamás venciste la fuerza de las olas, pero tus manos conocieron el valor del agua presente en los océanos y por un tris encuentras la transparencia de su misterio. Por eso volvíamos al océano. Sí, por eso, y porque la sal y el yodo estaban ya presentes en nuestra sangre. Montado en las olas evitábamos muchas veces las amenazas del fuego.

Déjame rememorar, Juancho, las olas marinas con las que jugabas de niño. Te ibas temprano conmigo a atrapar las espumas que traían las olas del mar Caribe. Te elevabas con ellas al cielo cuando rebotaban en los altos farallones. Salíamos temprano de la casa para disfrutar del rocío que emanaba de las membranas del aire, parido de armónicos sonidos. Tú eras un experto pescador de sueños y creabas en tu mente intrépidas hazañas, que trascendían la cobertura del salto en la bandera. En cierta ocasión nos bañamos con peces azules en la profundidad marina y comprobamos la paz que rige a las especies albergadas allí. Pero, cuando más encantados estábamos, brotó de una hendedura imprecisa un chorro de sangre, que manchó el océano. Hasta los peces se volvieron del color de la sangre. Abrazada en las olas, la sangre se regó por las aguas saladas y corrió vertiginosa hacia la costa más próxima. Fue la primera vez que huimos del mar con el miedo en los ojos.

¡Ah, Juancho agua! ¡Juancho mojado de sueños y esperanzas! A muy temprana edad te dio por construir un barco para irte de paseo por los mares más profundos. Y lo lograste, pero lo hiciste tan pequeño que apenas cabían diez o veinte hormigas, y no te fue posible realizar tu sueño. De todas formas, el barco conoció los intríngulis de la marinería, y tú me hiciste cómplice de tu arrojo. Fuimos juntos al mar, y desde el arenal ya ardoroso el barquito cedió ante el ímpetu de las olas. En un pestañear, tu obra desapareció ante nuestra atónita mirada. Más adelante me dijiste que contáramos las olas y te respondí que no era posible contarlas. Insististe una y otra vez hasta que me arrastraste al mundo impredecible de aquellas unidades. No las contamos, no; pero lloramos la pérdida del barco. Si mal no recuerdo, lloraste hasta el siguiente día aquella pérdida.

¡Ah Juancho, cuántos sueños borrados de tu infancia! ¡Juancho solitario! ¡Juancho sin norte en la amarga espesura del tiempo! ¡Juancho damnificado! ¡Juancho arrojado casualmente a mis brazos! ¡Juancho, carne destemplada en la hora borrada del día! ¡Telar de lilas en el llanto crucial del abandono!

Naciste en un ambiente citadino, aunque con características muy diferentes de cualquier moderna urbe. Naciste en un rincón oscuro de una ciudad sin nombre, allí donde las flores nacen casi muertas, sin fragancia. Fangos, lodazales, cloacas rotas, lagunas infectas: ese fue el entorno que signó tu infancia. No sé cómo lograste salvarte de las pestes que proliferaban en las barriadas. Decenas de niños morían cada año: ¡todavía mueren, todavía mueren: aquí y en todas partes! Tú, indudablemente, tuviste suerte. Fueron muchas las veces que te vi casi ido, con la piel translúcida y el cuerpo más débil que una hoja seca. Una noche quise desaparecer porque vi en tu cara el celaje rotundo de la muerte. Pero corrí contigo cargado en mis brazos hacia el hospital más cercano, y luego a otro, y a otro, hasta que un médico se apiadó de mí, no de ti, sino de mí, y decidió atenderte. A poco, el médico dijo estas palabras:

"El muchacho vivirá. Dele de beber mucha agua, y agréguele un poco de vinagre de manzana". Sanaste pronto y volviste a tus correrías por el fango. Fue a partir de entonces que a mí se me ocurrió jugar a las palabras y al misterio del verbo. Para lograrlo me valí de la imaginación. Entonces empezaba a dialogar contigo de temas inverosímiles, a veces absurdos, pero posibles, como, por ejemplo, este diálogo que recuerdo con sutil nostalgia.

—¿Qué brillo es ese que se ve en la piedra? —te pregunté delante del campanario de la única iglesia que había en la barriada.

Me miraste y encogiste los hombros. Luego, dijiste:

—¿Cuál brillo?

—¡Oh, desapareció! ¡Qué pena! —exclamé teatralmente.

Volviste a mirarme sin comprender nada. De pronto, fijé la mirada en otra piedra, grande y blanca, y te pregunté:

—¿Y esa imagen? ¿Qué imagen es esa que se ve en aquella otra piedra?

—¿Cuál imagen?

—¡Qué pena, también desapareció!

Me agarraste la mano y me halaste hacia ti con fuerza. Después me preguntaste:

—¿Viste un brillo?

—Sí, vi un brillo —dije en voz baja.

—¿Y viste una imagen?

—Sí, vi una imagen.

Me obligaste a agacharme. Entonces te miré directamente a los ojos y tú me preguntaste de sopetón:

—¿Cómo era el brillo?

—Azul.

—¿Azul?

—¡Aja! Azul.

—¿Y el azul tiene brillo? –musitó en el aire tu voz, ingenua.

—Sí, brilla tanto como el oro.

—Nunca el azul ha brillado como el oro –dijiste con voz de hombre.

Reculé en cuclillas porque seguía agachado. Sonreí y dije:

—¿Sabes por qué? Porque no has querido verlo.

Te quedaste pensativo. Le echaste una ojeada a tu derredor y volviste a la carga:

—¿Y la imagen? ¿Cómo era la imagen?

—La imagen era una imagen.

—Eso lo sé. Te pregunto, ¿qué viste en la imagen?

—Te vi a ti.

—¿A mí?

—Llevabas en tus brazos una canasta llena de flores. De pronto, volaste y desapareciste de mi vista.

Aquel diálogo, como muchos otros que recreaba a solas, fue una premonición de lo que sucedería años más tarde, pues, en efecto, Juancho desapareció para siempre no solo de mi vista, sino de mi vida.

¡Ah Juancho, inverosímil ausencia, temprana ocultación, súbito desenlace de un sueño imprevisto! ¡Misterio que se ha vuelto avalancha en mi alma atormentada! Han pasado ya muchos años desde que te fuiste de mi lado y mientras más me empecino en saber qué causó tu alejamiento de mí no llego a comprender nada. Pero tal vez escriba un poco más adelante acerca de esto y así le doy rienda suelta a mi desahogo. Por el momento, prefiero retomar el tema de aquellos diálogos que escribía yo con especial atención en papel de estraza, y guardaba en un viejo baúl, que aún conservo. De forma que me sería fácil sacarlos y transcribirlos. Igual escribía cuentos infantiles y versos para jóvenes. Había un cuento que te contaba cada noche a la hora de dormirte. Recordarlo me llena de aflicción, pero igual de alegría. Era la historia de una hormiga que nunca descansaba porque quería hacer una montaña de arena un millón de veces más grande que ella. Para lograrlo tenía que olvidarse de descansar y dormir. Las demás hormigas la veían afanar y se preguntaban cómo era posible que no durmiera ni siquiera un minuto al día. La hormiga trabajaba sin parar cuando de súbito un temporal destruyó su obra. Como su esfuerzo no valió de nada, lloró en silencio hasta más no poder y juró que jamás emprendería sola ningún proyecto. Aunque te quedabas dormido como esos angelitos que nos pintan en el cielo, para mí tú seguías mirándome y por eso no paraba yo de crear mis historias (esos escritos míos siguen guardados en el baúl, de forma que si alguien se interesa por ellos solo tendría que venir a mi casa y procurarlos). Eran instantes en que yo sentía ganas de decirte la verdad de cómo habías llegado a mi vida, pero apretaba los labios y no me salía una sola palabra. Puesto que ya no estás a mi lado, quizá convenga decírtelo ahora. ¡Quién sabe dónde está tu cuerpo, reducido a cenizas! ¡Oh, Juancho, Juancho, tu aliento en mi pecho; tu sangre en mis uñas! Pero te cuento.

—Aguánteme a esta criatura con usted, que vuelvo enseguida –me dijo tu madre, a quien no había visto más de dos veces en el barrio.

Por entonces, yo vivía a la vera del río, cuando a nadie se le había ocurrido poblar su entorno y cuando las crecidas apenas causaban daño. A ambos lados había fincas ganaderas, y el aire circulaba limpio y libre. Aquellos hierbazales estarían abiertos a tus correrías y andanzas infantiles. Recuerdo aquellas tierras extensas y verdes. Cuando el sol se acostaba, el color de la hierba se tornaba anaranjado. No había día en que yo no quisiera ver tan maravilloso espectáculo. Te sentaba en mis hombros para que lo presenciaras, y te quedabas arrobado ante tanta belleza. A la verdad, no sabría decir cuántas veces vimos juntos aquel paisaje.

—Vuelvo enseguida –repitió tu madre.

Ella apareció de sopetón en el vano de la puerta de mi casa, contigo envuelto en un manto blanco, de lana. Tenía el rostro tan pálido que solo atiné a pensar que estaba muerta, y que aun muerta había sacado fuerzas para traerte a mis brazos. Vi en sus ojos tanta amargura que quise llorar. Jamás he podido olvidarla. Sus mejillas contraídas, los labios temblorosos y aquella mirada de dolor infinito que se posó en la mía y me estremeció aparecen a cada instante en mi mente. Veo a esa mujer parada delante de mí, desesperada, asustada. Me entrega tu cuerpo de no más de tres o cuatro meses de nacido y huye. Huye despavorida.

—Vuelvo enseguida, vuelvo enseguida –gritaba mientras se alejaba.

Estaba a punto de anochecer cuando ella te soltó en mis brazos. Me quedé mudo. Todo pasó tan rápido que solo después de la medianoche caí en la cuenta de que tu madre te había abandonado. Entonces el repertorio de preguntas que nos turban en momentos tan especiales: preguntas que nada más el tiempo está en capacidad de responder. Suerte para ti que recién me había casado con una muchacha amorosa, a quien le atraían los niños. Sin más ni más, te asumió con naturalidad como hijo suyo. Se llamaba Matilde y estuvo con nosotros hasta que cumpliste ocho años. Era alta y hermosa, y más alegre no la había en estos lares. Cuando se arreglaba el pelo, tú corrías hacia mí y decías que era viernes. Nunca me explicaste por qué lo sabías.

Matilde tenía ojos de hortensia recién florecida, que era además el olor de su piel. En cuanto la vi, me enamoré de ella. Bastó una mirada para que me hechizara. Nunca he olvidado ese momento. Nuestros ojos, furtivos, se miraron. Luego volvimos a mirarnos y nos quedamos paralizados. Después, ella sonrió discretamente y yo me derretí como un pedazo de cera. Me flaquearon las piernas, el corazón me latió aceleradamente y casi pierdo la conciencia. Solo atiné a pensar que ella se había adueñado de mí. La recuerdo vestida con un traje color carmesí, rameado y descotado. Apenas llevaba maquillaje en su cara, tal vez un poco de lápiz labial, igualmente color carmesí. Una flor amarilla, parecida al girasol, le adornaba el pelo, siempre lacio y largo. Sus piernas eran perfectas. El color café de su piel me remontó al mundo de los dioses y me fue imposible rehuir de su misterio.

—¿Qué vamos a hacer con el crío? –le pregunté a Matilde.

Ella avivó los ojos, sonrió y dijo con voz clara y

precisa:

—Quedarnos con él porque es nuestro hijo.

Por aquel tiempo yo había iniciado un instituto de mecanografía, en el mismo centro de nuestra barriada, donde el comercio era activo, pues conectaba con la ruta por donde llegaban las mercancías a los puertos. Abrí el instituto con apenas tres estudiantes, pero a los pocos días había siete y ya al mes sumaban veinte. Desde entonces hasta hoy es lo que hago. En realidad, el instituto se ha modernizado con el paso de los años y se ha abierto a la enseñanza en sentido general, para cubrir las deficiencias dejadas por el sistema público. Matilde se ocupaba de cuidarte y de mantener limpio el establecimiento. Por eso, desde niño fuiste un asiduo visitante al instituto y aprendiste muchas cosas que no estaban al alcance de otros infantes. En los primeros tiempos, Matilde te llevaba cargado en los brazos. Se esmeraba en ponerte los mejores pañales y los trajes más lindos, que adquiríamos en el mercado del barrio. Le gritaba a la gente que tú eras el niño más lindo del mundo.

—Será un hombre de bien –anunciaba ella.

Cuando llegaba al instituto te dejaba en una cuna que habíamos comprado para ti e instalado en mi pequeña oficina. Se quitaba la ropa y se tiraba por encima un mameluco rosado. Nunca tardó más de quince minutos en limpiar el local. Hacía aquel trabajo con una rapidez sorprendente y, además, con absoluto sentido de la higiene. Cuando terminaba, se le podía pasar la lengua al piso. Tres años más tarde, tú caminabas a su lado hasta el instituto. A los cinco, te ibas solo, deseoso de que cuando ella llegara encontrara limpio aquel espacio de enseñanza.

Pero un día lluvioso, demasiado triste y doloroso para ti y para mí, Matilde nos dejó. Sin ton ni son, nos abandonó. No me preguntes por qué, si cuando tú te fuiste de mi lado tampoco me dejaste un recado de amor ni preguntaste por ella. Es la verdad, Juancho, antes de tu partida, igualmente abrupta como la de Matilde y tu madre, no pensaste en ella. Debiste decirme, al menos: "Si la ves, salúdala de mi parte, y dile que nunca la he olvidado".

Sin su ayuda, Juancho, yo no hubiera salido adelante, ni habría podido educarte.

Matilde te regaló a cambio de nada los mejores años de su vida. Dedicaba tiempo a cuidarte. Te aseaba y cambiaba cuantas veces era necesario, siempre con una sonrisa a flor de labios. Jamás te dejó solo en la casa. Cuando salía de compras, te cargaba en sus hombros y andaba contigo para arriba y para abajo.

—Este es mi niño –gritaba ella a viva voz.

Tú gozabas en grande estos paseos porque encaramado en sus hombros pensabas que estabas más cerca del cielo y no te sentías pequeño ante los grandes. A veces corría como una yegua salvaje y tú reías a carcajadas, celebrando su energía. Tenía tanta resistencia que nunca aceptó que la ayudaran en sus labores domésticas. Limpiaba como ninguna otra mujer. Yo le decía que pagara el servicio de la limpieza del instituto, pero ella se negaba rotundamente.

—Si me dejaran limpiar a mí sola la ciudad, la limpiaría –decía Matilde, para demostrar su fortaleza y su disposición de mantener limpios los lugares que habitaba.

De niña había sido campeona en natación.

Practicaba gimnasia desde los seis años y corría tan veloz que su cuerpo solía transparentarse como la brisa. Yo la conocí cuando ella tenía quince años. Bastó que pasara por mi lado para quedarme hechizado por siempre. Ha transcurrido mucho tiempo de su partida y todavía la siento en mi corazón. Pasó por mi lado, decía, y la seguí con los ojos casi entornados. Estábamos en el mercado. Ella compró frutas y yo un ramillete de flores, que guardé bajo el brazo. Luego desapareció ante las carretas, caballos y camiones que venían todos los días de distintas partes del país. La noche antes había llovido a cántaros, por lo que el mercado era un lodazal. No sé cómo Matilde logró salir de allí sin ensuciarse siquiera los zapatos. Los míos recogieron cuanta porquería encontraron a su paso. Puse los ojos en blanco cuando creí haberla perdido. Sin embargo, tras alejarme de aquel ambiente mercantil, la vi parada frente a un quiosco, donde una mujer octogenaria vendía peinetas, rolos y estampillas religiosas. Matilde me miraba fijamente y sonreía.

—Como sabía que vendrías por mí, me detuve aquí a esperarte –me dijo con una voz melosa y sutil, que desde entonces zumba y zumba, y no se cansa de zumbar en mis tímpanos.

Una atrevida brisa movió en danza su vestido azul, con borlas amarillas, para mostrarme la mitad de sus muslos, limpios y redondos.

—¿Te sigo o me sigues? –me preguntó Matilde, sin ataduras en la lengua.

Para mí aquello era un sueño o una de las tantas películas de amor que por entonces veía yo en un moderno cine que habían instalado unos gringos al otro lado del río. A decir verdad, la actitud de Matilde me dejó en cierta forma anonadado, pues no era habitual en muchachas decentes. Pero la seguí y me enamoré hasta el punto de que a los pocos días le pedí matrimonio. Ella era huérfana de padre y madre, y por entonces vivía con su abuela materna. Tal vez por eso no vaciló en aceptar mi petición.

Todo pasó tan rápido que nunca he atinado a saber si se casó conmigo por amor o porque le garantizaba una vida material más digna. De todas maneras, no viene al caso especular acerca de nuestra unión porque desde el primer día de enamoramiento hasta que desapareció furtivamente de mi vida me demostró sinceridad y sano juicio. Como este desenlace fue tan imprevisto se me ha hecho imposible comprender cuáles motivos la indujeron a obrar así. Desde entonces, ráfagas de preguntas asedian mi mente: ¿adónde fue Matilde?, ¿por qué nos dejó?, ¿está viva o muerta? He intentado rehacer aquel acontecimiento, pero se me obnubila la mente y me resulta imposible darle rienda suelta a mi capacidad inventiva, que en estos casos suele dar respuestas más certeras que la investigación. Nunca he aceptado la idea de que Matilde desapareciera de mi vida por voluntad propia. Expuse mi preocupación en el departamento de desapariciones de la policía, sin que hasta el momento haya sido informado de nada. Tengo la creencia de que Matilde fue raptada para obligarla a prostituirse. Llevo en mis adentros ese dolor y no he podido superarlo.

Pero no es de Matilde ni de mi relación con ella que deseo hablarte, Juancho; es de ti. Sí, de ti, Juancho: espadachín de mis sueños, campeón de saltos y barras. ¡Ah, Juancho: montaña verde, flor abierta al sol, piedra limpia de llanos y ríos prolongados en los avatares de la cotidianidad! ¡Ah, Juancho!, ¿qué pasó contigo? ¿Por qué te fuiste de mi lado sin decirme nada? ¿Cuándo lo pensaste por primera vez? ¿De cuáles medios te valiste para abandonar esta tierra? ¿Por qué costa saliste y por dónde llegaste a ese otro suelo? Nunca me dijiste nada al respecto, Juancho. Y, como comprenderás, desde entonces mis dilucidaciones, aprehensiones y especulaciones no cesan, no me dejan tranquilo. Pienso en tantas cosas imposibles que por lo general termino desvanecido. Aunque ya no es viable volver al pasado, de tanto pensar en cómo maquinaste tu huida, siento temor de que en algún momento mi cerebro podría estallar como un torpedo en el aire.

¡Ah, Juancho, paseante nocturno por calles de tréboles secos, oidor de trapisondas en las noches más largas del año! Nunca entendí por qué de niño visitabas tan frecuentemente el cementerio del barrio ni por qué besabas las lápidas de algunas tumbas, principalmente de aquellas a las que nadie se acercaba. Esa preferencia tenía visos de adicción, pues para ti era una necesidad existencial. Había días que visitabas dos veces el cementerio. Me preguntaba: "¿Por qué, para qué y a qué ibas allí?". Aquello me parecía tan extraño que una tarde decidí seguirte. Me puse un sombrero viejo y unos calzones anchos para que no me reconocieras. Me escondí detrás de las tumbas más altas, de donde te vi escarbar algunas destinadas a niños como tú. ¡Oh,

Juancho, consagrado en la acción indescriptible del sigilo! ¡Juancho silencioso! ¡Juancho, oración en el ámbito del luto! Escarbabas hasta encontrar dos o tres huesos: los observabas tranquilamente y los olías. ¿Por qué los olías, Juancho? ¿Por qué olías esos huesos, mi querido Juancho? ¡Ah, Juancho!, ¿cuál era tu estratagema? ¿Sabías que yo te vigilaba y me hacías creer lo contrario? Después volvías a enterrar los huesos, mirabas a todas partes, te alejabas de las tumbas y salías cabizbajo del camposanto. De lejos, te seguía los pasos. En cuanto anochecía, me entraban ganas de preguntarte muchas cosas acerca de esas visitas, pero nunca tuve el valor de enfrentar este dilema. Sí me di cuenta de que cuando por una u otra razón no ibas al cementerio, te ponías nervioso, y lucías preocupado y alterado. Yo lo captaba al vuelo. Ahora que estás muerto y quién sabe dónde reposa tu cuerpo, me pregunto una y mil veces a qué ibas allí si no había ningún familiar tuyo enterrado. Mi curiosidad por conocer este pasaje de tu vida se ha vuelto una fijación en mí y me ha dado por presentarme cada noche en el cementerio y buscar las lápidas que besabas. Lo he visitado muchas veces y aunque he visto sombras fantasmales de todos los tipos y tamaños, no he encontrado una sola explicación que me convenza de tu obrar. Sigo yendo al cementerio, como ejercicio de rutina. Cuando estoy allí cierro los ojos con la idea de verte confundido con los grillos y las ánimas que huyen del bullicio citadino. Te veo llegar a la puerta que vigila la entrada de los vivos, te percatas de que en los alrededores no haya nadie, observas la noche, que no está tan clara como otras veces, y luego das los primeros pasos hacia tu encuentro con las lápidas. Escucho que susurras un cántico casi religioso y sueltas las piernas para que caminen libres por entre el yerbajo y las tumbas.

—¿Qué cántico es ese? –te pregunto.

Pero tú no me respondes. ¿Cómo pretendo yo que respondas si no me oyes?

Te detienes en una tumba, en la que un desconocido preparó un huerto. Han florecido tomates y berenjenas. Te acuestas bocarriba al lado del huerto y mientras acaricias las hojas de las plantas ves cruzar por el cielo un montón de nubes medio amarillentas. Después, sin ton ni son te pones bocabajo y hoyas con tal desesperación que ni tú mismo entiendes por qué lo haces. Pero hoyas sin parar. No sabes qué quieres ni qué buscas, si llegar hasta el fondo de la tumba o simplemente contactar el ataúd, si es que lo hubo en algún tiempo, para ver al menos los huesos de la muerte. Ya en tu niñez, le dabas importancia al hecho de morir. Te preocupaba demasiado la muerte, tanto que a veces te despertabas a mitad de la noche y venías a dormir conmigo y con Matilde. Yo me preguntaba cómo una criatura tan ingenua es capaz de preocuparse por la muerte. Para mí era inconcebible oírte preguntar, como tantas veces preguntaste, si Matilde y yo teníamos más de una fecha para morirnos. "¿Cómo es posible que a un niño se le ocurra preguntar semejante cosa?", decía yo para mis adentros. Matilde, por su parte, se asustaba. Se le metía en los huesos un miedo que no la dejaba dormir en paz. Se tiraba de la cama y se paseaba por el cuarto mientras susurraba oraciones para espantar, según creencias de ella, a los malos espíritus.

—¿Qué lo motiva a él preguntar si tenemos más de una fecha para morirnos? —decía entre dientes Matilde, ciertamente aterrada.

Yo la consolaba como a una niña.

—Ya se le pasará. Esa conducta es normal a su edad. Son preguntas propias de niños inquietos.

Pero ella, en vez de tranquilizarse, se enfurecía y me acusaba de hacerme el ciego.

—Juancho está poseído por el demonio, ¿no te das cuenta?

Entretanto, tú, Juancho, olvidado de la muerte, te dormías en mis brazos. Al siguiente día, te levantabas temprano y corrías hacia el patio de la casa: buscabas horcones y hacías barcos veleros con arena blanca que traía yo del mar.

La idea de ponerle fechas a la muerte te persiguió siempre. No había día en que no hablaras de esto. Unas semanas antes de que Matilde nos abandonara, se acercó a mí sumamente preocupada y me comentó que tú no parabas de hablar de la muerte.

—Cuidado si es que al crío le han echado una maldición —decía Matilde por lo bajo, con los labios temblorosos.

Y como ella era creyente, me dijo que te lleváramos a la iglesia, principalmente a la hora de la última misa. Así es que nos vestimos para la ocasión y caminamos a lo largo del barrio, que esa tarde lucía tranquilo, tal vez porque soplaba una brisa fresca, como de invierno. Llegamos a tiempo a la iglesia, justo cuando se anunciaba el comienzo de la ceremonia. Todo iba bien, pero en el momento del ofertorio tú lanzaste un grito de espanto y saliste como un bólido del templo. Los fieles se espantaron, hasta el cura. Cuando Matilde y yo fuimos por ti, no te encontramos en ninguna parte.

—Este muchacho está mal del juicio –dijo Matilde, a punto de rajarse a llorar–. ¿Dónde estará? ¿Dónde se habrá metido?

—Busquémoslo en el cementerio –le dije en voz baja, tal vez para calmarla.

—¿En el cementerio? –preguntó Matilde con el ceño fruncido–. ¿Por qué en el cementerio?

—No me preguntes y acompáñame.

—¿Crees que esté muerto? ¿Es eso?

—No, mujer.

—¿Cómo sabes que está en el cementerio?

—Lo he visto allí otras veces.

Ella prefirió enmudecer porque no entendía de qué le hablaba. ¿Cómo iba a entender Matilde que su hijo de crianza visitaba con frecuencia el cementerio? Que ella se quedara en silencio fue lo mejor, pues de habérsele ocurrido preguntar desde cuándo frecuentaba Juancho la casa de los muertos, y qué hacía allí, habría puesto el grito al cielo, porque él, además de oler los huesos y besar las lápidas, se ponía de cabeza junto a las cruces.

Aunque Matilde vaciló, me acompañó finalmente al cementerio. Ya la tarde estaba a punto de darle paso a la noche. Por eso, caminamos rápido. Como el camposanto era pequeño, no tardamos en encontrar a Juancho. Estaba desnudo, acostado boca arriba en una tumba vacía. Matilde profirió un grito inicuo. A mí se me engrifaron los pelos.

Juancho, Juancho, ¿qué haces ahí desnudo? –vociferó Matilde, clavada en la tierra porque las piernas no le respondieron para acercarse al niño.

Me turbé y no supe si ayudar a Matilde a superar su confusión o correr hacia Juancho y vestirlo. En realidad, ella se aferró a mí, me abrazó con fuerza y no me dejó dar siquiera un paso.

—¡Por Dios!, ¿por qué Juancho está desnudo? – dijo Matilde.

De pronto, Juancho se levantó y se quedó de pie sobre la tumba. Matilde creyó que él levitaba y esto acrecentó su miedo. Volvió a proferir otro grito mientras preguntaba sin parar por qué Juancho seguía desnudo y por qué ahora volaba. Por más que intenté calmarla, me resultó imposible. Y lo peor, no podía responder sus preguntas porque yo estaba tan confundido como ella. Más tarde, cuando la Luna apareció sobre las tumbas y Juancho se había vestido sin ayuda de nadie, vino hacia nosotros como si tal cosa. Matilde y yo nos miramos en silencio. Nos calmamos. Ella trató de cargarlo cuando lo sintió cerca, pero él lo evitó con un violento gesto. Se adelantó a nosotros y salió a zancadas del cementerio. Cuando llegamos a la casa, los tres habíamos enmudecido por completo y así nos fuimos a la cama.

Esa noche, Juancho roncó como un adulto, pero Matilde y yo no cerramos los ojos ni por segundo. Aquella desnudez sobre una tumba del ser que crecía a nuestro lado, nos atormentaría durante mucho tiempo. Fue meses después de que él cumpliera once años que tuve el valor de preguntarle por qué obraba de esa manera. Nunca me dijo nada. Yo veía estupefacto cómo apretaba los labios para no hablarme. Mientras más me empecinaba en sacarle la verdad, contraía las mejillas y se le amorataban los labios.

De grande sería lo mismo, pero con otras connotaciones. Él lo expresó en una nota, que cayó en mis manos muchos años después de su muerte: *olíamos los cadáveres en el desierto, atraídos quizá por el olor a carne quemada.*

¡Ah, Juancho, las tumbas reflejadas en tus ojos, el polvo sacudido en tus pestañas, los muertos que deambulan alrededor de tu sombra y la presencia sombría de un moscardón, que te vigila! ¡Ah, Juancho: alma de mi alma, corazón que aunque muerto late todavía en el mío! Dime, dime, Juancho, ahora que ya no estás conmigo, ¿quién te inició en tales prácticas, cómo comenzó todo? Porque no creo yo, Juancho, que a un niño se le ocurra fácilmente llevar a cabo lo que hacías tú en el cementerio de nuestro barrio. Alguien te indujo a esa práctica. Pero, ¿cómo no pude impedirte a tiempo el contacto con los muertos? ¿Cómo no me fue posible llevarte al terreno de la cordura ni convencerte de que debías dejar en paz las cruces? ¡Ah, Juancho: te escabulliste de mí como una pequeña serpiente en un pastizal! Ya solo quedarían en mí los recuerdos de cuando gozabas como ningún otro las verbenas que se celebraban en el barrio. Participabas en todas las competencias infantiles. Perdías y ganabas, como suele sucederle a todo el mundo. ¡Cuánto disfrutabas los caballitos aquellos en los que te montabas para subir, bajar y girar, y volver a subir y bajar como en un aeroplano! ¡Cuánto disfrutabas derribar muñecos a pelotazos! ¡Ah, Juancho, qué días aquellos!

De joven volverías a las verbenas, pero acompañado de una buena hembra. Bebías alcohol en exceso. Lo pasabas en grande. Mas no era en esas fiestas populares que ponías de manifiesto tus vicios y deseos, sino en los bares, que aun a media noche intranquilizaban al vecindario con bachatas y salsas altisonantes. Te importaba un bledo que te vieran borracho, tirado en el piso, entre botellas de cerveza vacías, o lamiendo la sustancia avinagrada de tu compañera. Yo te encontré una noche en esas condiciones y me asusté porque había unos cuantos pendencieros que te miraban con malos ojos.

—Este quiere dárselas de borracho y mujeriego –dijo uno que portaba un cuchillo en la mano.

—Vamos por él –dijo otro, decidido a atacarte.

En un santiamén, tomé a Juancho en mis brazos. Al verme, los revoltosos rieron con sarcasmo y se acercaron a mí. El del cuchillo detuvo con el gesto de una mano la acción que iba a propinar el grupo.

—A ti te conozco de algo, ¿no? –dijo el del cuchillo.

—Tal vez del instituto de mecanografía –le respondí sin alterarme.

—¡Ah, sí! ¡El instituto! ¡Claro! ¡Ya sabía yo!

—Estudiaste conmigo algunas lecciones de mecanografía, si mal no recuerdo.

—Ese era mi hermano gemelo. Murió hace dos meses.

—¿Si? –dije con asombro.

—Quiso cruzar hacia el otro lado y se lo tragó el mar. Suele pasar, ¿no? ¡Suele pasar!

Enfundó el cuchillo y me dijo que me hiciera cargo del borracho. Movió una mano en el aire y el grupo entendió que era hora de partir.

¡Ah, Juancho, me quedé allí contigo, inhalando

el vaho nauseabundo de los borrachos! No podías levantarte porque habías bebido demasiado. La gente nos miraba, y claro, me avergoncé. Ya no eras el niño ni el adolescente aquel que oía atentamente mis clases en el instituto de mecanografía. Escribías tan rápido que eras la admiración de los demás alumnos y hasta venía gente de la calle a ver si era verdad lo que decían de ti, que escribías ciento veinte palabras por minuto, meta que nunca lograste, pero era el rumor, y la gente terminó por creérselo.

¡Ah, Juancho, mago de teclas oxidadas, pulsador de vocales y consonantes solitarias! Con el tiempo, fuiste aliado del alcohol, y la danza te atrapó en el punto meridional, equidistante del tambor y la güira. ¡Qué pena, Juancho, que echemos por la borda a cambio de nada los esfuerzos hechos por otros para llevarnos a puerto seguro! ¿De qué me valió invertir tanto tiempo en tu formación humana, Juancho? Desde que llegaste a mis brazos y a los de Matilde, te inculcamos los valores más nobles recogidos por las huellas del hombre y nos propusimos educarte hasta hacer de ti un profesional serio y decente. Todo iba bien hasta que cumpliste doce años. Fue a esa edad cuando comenzaste a dar muestras de rebeldía y a incumplir con tus obligaciones. Yo solo te pedía que me ayudaras a limpiar la casa, a organizar los trastes de la cocina, en fin, a tener cierto compromiso con la casa y con el negocio de donde nos manteníamos. De sopetón, te escapaste de mis manos. Aquello sucedió de forma brusca e inesperada. Por más que trataba de entender tu conducta, me turbaba, me perdía en un laberinto de pesadillas. Me preguntaba en silencio, confundido, cuál había sido mi fallo. Entonces decía para mis adentros, moviendo de lado a lado la cabeza, desesperado: "No, yo no he fallado en nada. Nadie ha afanado tanto como yo por educar a una criatura. No, no he fallado en nada, en nada".

¡Ah, Juancho, de un día para otro comenzaste a levantarte tarde y a descuidar tus estudios! Ya no le prestabas atención a la lectura, y las costumbres y hábitos que habías adquirido a mi lado desaparecieron como por arte de magia. Ya no cenabas conmigo, ni te aseabas antes de acostarte. Las primeras noches que llegaste tarde a la casa, se me hacía imposible reconciliar el sueño. No entendía por qué llegabas de madrugada a tu hogar. Al siguiente día de cada desvelo mío te preguntaba cuáles eran los motivos de tales tardanzas. Huraño, a veces agresivo, enmudecías. Si hablabas era para insultarme, para decirme oprobios.

—Búscate una mujer que te cuide. Ya tú no estás en edad de ocuparte de mí –me gritabas.

Tu piel cambiaba de color, te saltaban los ojos, se te trababa la lengua y, para estupor mío, te volcabas a hablar con rencor de Matilde.

—¿Por qué me abandonó? ¿Por qué me dejó? –preguntabas con la voz rota y los ojos lagrimosos.

Entonces salías como un bólido de la casa y te perdías no sé dónde, pero te perdías. Yo salía a buscarte y no te encontraba. Me desesperaba en la búsqueda. Y así estuvimos juntos hasta que un día liaste tu ropa y te fuiste.

—En adelante, viviré solo –dijiste.

Yo esperaba por lo menos oírte pronunciar mi nombre, no que me dijeras papá, no, pues quizá era mucho pedirte, pero te fuiste en silencio.

Ese día no salí de la casa y me dormí muy tarde. Ese día pensé como nunca en Matilde, y renacieron mis recuerdos y mis dudas: ¿por qué se había ido, por qué nos había abandonado, cuáles motivos la indujeron a alejarse de nosotros? Dudas y conjeturas. Las mismas dudas y conjeturas que se arraigaron en mí desde que Juancho tomó la decisión de dejarme abandonado en esta soledad, para encontrar su sino.

¡Ah Matilde y Juancho! Ella apretaba al niño con fuerza en su pecho y decía en voz alta, para que yo la oyera: "Este crío es mi adoración. Nada ni nadie me separará de él". Lo dijo muchas veces, hasta que una noche, sin que pasara por mi mente que era la víspera de su partida, me comentó, atolondrada, que estaba a punto de cometer un desliz. La miré fijamente. Ella me desvió la vista y se fue a nuestra habitación. Como es natural, me quedé pensativo. Pensé en lo peor, mas no en su partida. Pensé en una posible enfermedad, y hasta en la muerte. Nunca pasó por mi mente la idea de que Matilde me abandonaría. No sé cuántas veces me he preguntado por qué me abandonó. Le doy vueltas y vueltas al pasado y no logro encontrar una sola explicación de este suceso. A veces se me ocurren ideas tan absurdas que me río de ellas. Ahora que lo pienso, tal vez la desaparición de Matilde trastornó a Juancho. Al ausentarse ella, se produjo en él un vacío que nadie lo llenaría. Pongámonos en su lugar: sentirse de pronto desamparado, con apenas ocho años, acostumbrado a los brazos y caricias de aquella mujer, que asumió con dignidad su rol de madre. ¿En cuántas cosas no habrá pensado ese niño? ¿Cuántas imágenes, cuántos sentimientos asaltaron su mente en aquellos momentos? Pero, en fin, no pretendo desviarme de mi propósito. Prefiero retomar lo anterior, y decirte, Juancho, que desde tus primeras anomalías supe que más tarde o más temprano te iba a perder. Aceptarlo, reconocerlo, era para mí una derrota. Por eso, al siguiente día de haberte sacado borracho de aquel colmado, salí a visitarte con los primeros coletazos del sol. Digo salí porque ya no vivías conmigo. Es una historia larga y no sé si valga la pena narrarla. Mejor la obviaré, aunque sí he de decir que te separaste de mí a los dieciséis años, posiblemente cuando más me necesitabas. Pero te dio por pensar que eras un hombre y querías a toda costa independizarte. Yo te vi envolver tus pertenencias en un bulto de tela. No te pregunté qué hacías porque no dudé en pensar que te marchabas. Me quedé mudo, paralizado. Imagínate, Juancho, era una parte de mí lo que se iba. Porque desde aquel día en que tu madre dejó tu cuerpo en mis brazos, te asumí como hijo mío y como tal te he querido. Quizá nunca supiste cuánto te quise, aunque en las canciones que te cantaba en tus años de infancia para dormirte, expresaba yo el hondo cariño que te profesaba. En mis canciones testimoniaba que tú eras el regalo más grande que me había dado la vida. Y ciertamente, Juancho, tú eras tan dulce, tan tierno que te ganaste el corazón de Matilde y el mío. Todavía hoy, cuando pienso en ti, y pienso siempre, recuerdo tus caricias, tus manos aferradas a mis mejillas o si no enredadas en los largos y lacios cabellos de Matilde. Entre aquella cabellera, tus dedos parecían los de un tejedor. Igual cuando te montaba yo en mis hombros para jugar al trote: te agarrabas de mi pelo y lo tirabas hacia atrás para frenarme. Pero en aquel tirón no sentía yo dolor alguno, por el contrario, sentía que tú me acariciabas todo el cráneo. Fuiste dulce y tierno conmigo, Juancho. Como era tan notoria tu ternura, no titubeaba en decirle a Matilde que habíamos tenido suerte en adoptarte y que de grande tendríamos el soporte de amor que necesitan los padres cuando los hijos crecen y se van de su lado.

—Juancho estará siempre pendiente de nosotros –le decía a Matilde.

Ella asentía con la cabeza, y después de un rato de silencio musitaba:

—No quiero que llegue el día en que mis ojos lo vean partir.

¿Qué iba yo a pensar que ella tomaría las de Villadiego primero que él? Matilde jamás me dio un tormento y se desvivía por Juancho y por mí las veinticuatro horas del día. Fue capaz de expresarnos sin miedo su amor: a él, como madre; a mí, como esposa y amante. Nunca olvidó que para ser buena esposa es necesario ser buena amante. Por eso besaba como besaba y olía como olía. Su cuerpo era verdaderamente encantador. Cuando se tiraba desnuda en la cama y buscaba mi lado, yo veía la gloria. Me excitaba de arriba abajo y aquel encuentro se convertía en algo así como la antesala del paraíso. Después de su ausencia, no he encontrado a ninguna otra mujer que la supere. Por eso, no he vuelto a casarme, y no creo que dé ese paso mientras siga pensando en ella. Su amor, unido al de Juancho, me colmó de felicidad.

¡Ah, Juancho, Juancho! ¿Pensaste alguna vez, o acaso en ese instante de tu silenciosa partida, el dolor que dejabas en mí? Porque bien pudiste decírmelo, sobre todo por la confianza que había entre nosotros. ¿No te hablaba yo de mis tormentos y preocupaciones? Es cierto que eras un niño y no entendías los problemas de los adultos. Tampoco tenías por qué entenderlos. Siempre he creído que los adultos debemos preocuparnos por los niños y no al revés. El niño vive en un mundo de amor y sueña con lo bella que es la vida. Que podría serlo, sin duda, si no fuera por la maldad y la avaricia de algunos seres que la habitan. Te hablaba de los problemas del instituto, de mis ahorros para comprar una planta eléctrica porque los apagones no nos daban tregua, no nos dejaban trabajar de noche. Cuando completaba el dinero para comprarla, se presentaban nuevos inconvenientes y no fue sino hasta hace un año que la adquirí, porque a pesar de todos los avatares que me turban he seguido dándole el frente al instituto. Ahora me llueven las solicitudes de ingreso. Tengo el cupo lleno y no sé qué hacer: tal vez alquile la casa de al lado o teche una parte del solar que colinda con el local. Vivo más holgadamente que antes, pero no he superado el vacío que dejaron en mí tú y Matilde. Mis pensamientos solo están en ti y en ella. ¡Cuánto no diera yo por tenerte a mi lado! No digo a Matilde, pues las cosas de mujeres son diferentes de las de los hijos. Serías un hombre hecho y derecho y estarías al frente del instituto. Tendrías veintisiete años, que los cumplirías precisamente pasado mañana. Ya lo olvidaba. Como cada año, iré más tarde a comprarte un ramillete de rosas para arrojarlo en tu nombre al mar. ¡Ah, Juancho, te imagino y te siento a mi lado! Todos los días soñaba con verte grande y útil a la sociedad. Yo estaba convencido de que estudiarías en la universidad y te graduarías con honores. Te preparé para lograr esa meta, Juancho. Pero no acabo de entender qué pasó en el camino, en qué punto se torció y te llevó a otro destino. No termino de entenderlo, Juancho. No, no termino de entenderlo. ¿Qué te indujo a tal extravío? ¿Los males sociales que nos arropan? ¿La falta de credibilidad en una conciencia colectiva que nos permita reencontrarnos con los más sanos valores de nuestro pasado? ¿Qué sucedió en ti, realmente, Juancho, para hacer todo lo contrario de lo que yo te aconsejaba? No puedes alegar ignorancia porque no había día en que no te alertara de los múltiples peligros que nos acechan. Te decía claramente que nuestra sociedad está desde hace tiempo en franca descomposición. "Para no errar debemos mantener siempre los ojos abiertos", te decía, y añadía: "No te juntes con desconocidos, no te dejes llenar la cabeza de falsas ilusiones, aprende a conocer los distintos terrenos donde pisas, para que luego no alegues ignorancia". Me pasaba horas a tu lado hablándote de cómo prospera el vicio y los negocios ilícitos, de los grupos que atraen con su opulencia a muchachos pobres e infelices y los embaucan con las variables que se derivan de la ambición y el crimen. Yo no digo que tú estuvieras metido en las profundidades mundanas, pero visitabas bares en horas inapropiadas y te emborrachabas hasta caer redondo, como si alguien te apaleara. Mira cómo te encontré esa noche en el bar, todo lleno de vómito, sin fuerzas en las coyunturas, ido, completamente ido. Cuando entré y te vi me quise morir, Juancho. ¡Fue tan fuerte el dolor y tan grande la vergüenza! La gente se echó a un lado cuando te abracé. Pedí agua con un grito que acalló a todos los presentes.

—¿Qué le han hecho a mi hijo, qué le han hecho? –grité, triste y desconsolado.

Y lo peor, Juancho. Sí, lo peor. Te cuento: cuando todo parecía que iba a terminar en calma, dos hombres me echaron a patadas del bar.

—Deje tranquilo al muchacho. Él se irá con nosotros –dijo uno de ellos.

Vi cuando salieron contigo cargado en los hombros como un animal muerto. Vi cuando te tiraron en la cama de una vieja y destartalada camioneta, que se perdió en la oscuridad. Traté de seguirte, pero no pude. Yo estaba cansado y adolorido, Juancho; tan cansado que hasta perdí el habla por varias horas. Entonces regresé, cabizbajo, a mi casa. Me tiré en la cama con todo y ropa, cerré los ojos y me quedé dormido hasta el siguiente día. No es que esa noche me durmiera tras cerrar los ojos, no. Tardé mucho en dormirme porque las preguntas me arrobaron, y aunque eran todas distintas conducían a un objetivo: saber cuál era la causa de mi derrota. Porque como comprenderás, mi querido Juancho, yo te di en tu infancia lo mejor de mí. Te brindé mi cariño de auténtico padre y me desviví por educarte dentro del camino del bien. De manera que encontrarte en esas condiciones, como un muchacho sin norte, representó para mí un duro golpe. Pero eso no fue lo peor, Juancho. No, no fue lo peor. Horas después de aquella borrachera, ya de día, fui a visitarte, pues me urgía hablar contigo acerca de tu conducta. Durante el trayecto me preguntaba qué iba a decirte, cómo debía abordar el tema. Mi cabeza era un trompo y en cada giro aparecía una nueva idea. Repasé rápidamente los males que como sociedad nos aquejan, los problemas del barrio, y aunque no descartaba que el deterioro moral imperante en las calles influyera en ti, decía entre dientes que las ideas y conceptos que te había inculcado eran más fuertes que lo que acontecía afuera.

Cuando llegué a tu nuevo domicilio, por cierto a dos esquinas del cine aquel que estaba al otro lado del río, dormías como un lirón. Me recibió una muchacha. Por su aspecto, recién se despertaba. No debía tener más de catorce años. Vestía una bata rosada y transparente. Me ofreció una taza de café y la acepté.

En cuanto toqué a la puerta, ella abrió.

—¡Oh, el padre de Juancho! –exclamó–. Pase, pase. Él está dormido, pero si usted quiere lo despierto.

—No, déjalo que duerma. Esperaré tranquilo.

Entonces vino lo del café. No sé dónde lo coló porque no vi estufa en aquel estrecho espacio. Tal vez lo coló en la casa de al lado, donde una vecina. En realidad, ellos vivían en un cuchitril. Era algo así como un cuarto pequeño y abandonado de una pensión. Pero apareció con la taza de café, que conservaba un aroma único. Le di las gracias y le dije que era muy amable, pero no me respondió. Se sentó en silencio frente a mí, en un cojín descolorido, y dejó adrede las piernas abiertas. Yo miré hacia otra parte, pues entendí al vuelo su intención. El silencio se prolongó demasiado. No sabía qué hacer ni qué decirle a aquella muchacha.

—Despierta a Juancho –le dije al rato.

Ella se quedó indiferente, pero abrió más las piernas. Luego, de sopetón, dijo:

—Los hombres como usted son unos estúpidos porque no disfrutan de las cosas buenas que trae la vida.

—Mejor despierta a mi hijo –le dije.

—Lo que usted diga –respondió.

Esperé paciente a que ella te despertara. En el lapso, pasaron por mi mente imágenes de tu infancia, recuerdos imborrables, sucesos de odio y rebeldía. Hechos que latían y laten en mí como un corazón agitado. Recordé el primer día que aprendiste a correr. Nunca he entendido por qué ese día se fijó tan detalladamente en mi memoria. Cada vez que te recuerdo con las piernas y los brazos danzando en el aire, me sonrío. Quizás alguna vez debí pensar que de grande serías un formidable atleta. Ese día corriste por el patio de la casa, que aunque pequeño tenía yerba y flores, cuidadas con esmero por la hermosa Matilde. Te caíste dos veces. Te golpeaste duro las rodillas y lloraste. Matilde te acariciaba, te daba valor y tú volvías a correr como un potrillo. ¡Qué rápido corrías, Juancho! ¡Y cuánta gracia había en tu cuerpo! Sin embargo, lo que me sorprendía de ti no era lo rápido que corrías, sino lo fácil que sumabas y restabas con tan escasos conocimientos de los números. En cuanto te enseñé que uno más uno son dos, dijiste: "Si uno más uno son dos, dos más uno son tres, y tres más uno cuatro". Fue tal mi deleite que llamé a gritos a Matilde. Ella corrió hacia nosotros asustada, pero cuando me oyó decirle que pidiera una cerveza al colmado para celebrar lo que a seguido le conté, brincó de alegría. Te cargó y no dudó en afirmar que eras un genio. Fueron muchas las tardes que reunía en mi casa a los vecinos para hablarles de tu destreza. Algunos abusaban con cifras imposibles de calcular, pero tú te arriesgabas y decías un número. Total, si te equivocabas, solo tú te enterarías. Entonces, Juancho, como es natural, yo pensaba que tú serías por lo menos un científico, un matemático excepcional. ¡Cómo no pensarlo con esas dotes tan prodigiosas que tenías!

¡Oh, Juancho de mi ternura!, ¿adónde fue a parar todo aquello? Quizá me descuidé y pagué el error con creces. Ahora hago memoria y me sobrecojo de nuevo porque escucho la voz de un niño amigo tuyo que vino una noche, bajo un torrencial, a verme. Tocó desesperadamente a la puerta para que le abriera: quizá fue el primer y único aviso de lo que sería tu vida. Era muy tarde, recuerdo, y los golpes no paraban.

—Debe ser el viento –comentó Matilde.

—No, son golpes de alguien que toca.

Fui a ver. Cuando abrí, me conmoví por el espanto que noté en los ojos del muchacho.

—Apresaron a Juancho. Está detenido en el Destacamento –dijo el niño, empapado.

No atiné a preguntarle más nada porque corrí como un loco a dar la cara por Juancho. Hablé con el capitán de turno, que era amigo mío porque le tenía becados a dos hijos suyos en el instituto.

—Es Juancho, capitán; es Juancho.

El capitán movió la cabeza con ganas de resolver el problema, y dijo:

—Claro, es un niño; un simple niño –y agregó, tras levantar a Juancho, para medir su peso–: Sí que está flaco el crío.

Dos días después de aquel incidente volví al

destacamento y le pregunté al capitán por qué habían detenido a mi hijo. El capitán me miró fijamente, resuelto a no mentirme.

—Mire, señor director –así era como me identificaba la gente–, su hijo se junta con ladrones.

Al escuchar aquello, me quedé mudo y pálido, ¡Oh, Juancho, qué vergüenza! ¡Qué dolor! ¡Qué bofetada!

—Son cosas que pasan –comentó el capitán.

Salí de allí cabizbajo, más débil que un muerto. Cada vez que las palabras del capitán resonaban en mi cabeza, sentía que todo en mí ardía. No quería creer que el niño que había criado con tanto celo se juntaba con ladrones. No, no quería creerlo. ¿Cómo iba a creer yo semejante cosa? Yo, que tanto empeño ponía en educarte, jamás podía aceptar que tú obraras de esa manera. Ya los episodios del cementerio habían sido supuestamente superados. Era lo que creíamos Matilde y yo, y como lo creíamos dejamos de preocuparnos por tus visitas a las tumbas, que para mí tenían menos importancia que esto último. Porque andar por el mundo en compañía de ladrones, Juancho, es algo deshonroso.

¡Ah, Juancho, eras crisol en mis manos, agua mansa y transparente! ¡Ah, Juancho, cristal azul, rayo amarillo que se posa en mi frente! ¡Juancho, Juancho: arco iris de dioses que jamás se pasearon por el cielo!

Cuando le conté la verdad a Matilde, ella exclamó, con tono profético:

—Nos esperan tiempos difíciles.

¡Ah, Juancho, Juancho, por más vigilancia que me impuse para seguir de cerca tus pasos, me resultó imposible ganar la batalla! ¡Y mira ahora, Juancho; mira ahora! ¡Oh, Juancho destemplado a media mañana! ¡Juancho horizontal en la verticalidad del día! ¡Juancho, Juancho, cicatriz abierta en el horizonte incierto!

Pero ya te decía que encontrarte borracho en aquel bar no fue lo peor, Juancho. Lo peor, lo más terrible sucedió inmediatamente después de que aquella muchacha te avisara que yo había venido a verte. Te tiraste como un loco de la cama y te acercaste a mí desnudo como cuando eras niño. Apretaste los puños para golpearme y gritaste tan fuerte que todo tembló en derredor nuestro.

—¡No te metas conmigo, que no eres mi padre!

—¿Que no soy tu padre? –te pregunté, sin aliento.

—¡No, no eres mi padre! –dijiste tajantemente, y regresaste a la cama.

En mis años de vida, ese ha sido el momento más patético y desagradable. Si alguna vez he estado a punto de conocer el dolor, seguramente fue en esa ocasión. ¿Cómo te atreviste a negar mi paternidad, Juancho? Es cierto que no eres fruto de mi sangre, pero desde que llegaste a mis brazos sabes muy bien cuánto te he querido. No viene al caso que te lo recuerde, pues estés donde estés sabrás que no miento. ¿Qué más prueba que mis constantes desvelos? Cuando te enfermabas y la fiebre se agazapaba en tu cuerpo, ¿quién se quedaba despierto para cuidarte? Igual cuando tosías. De los cinco a los diez años se te metía una tos en el pecho que no se mejoraba con nada. En horas de la noche se volvía una tempestad. Entonces te cargaba y te frotaba la espalda porque había leído en un manual de medicina natural que esto ayudaba a calmar la tos en los niños. ¡Sí que eres un caradura, Juancho! ¡Decirme que no era tu padre! ¿Quién jugaba todas las tardes contigo? ¿Quién te mimaba? ¿Quién te contaba cuentos para dormirte? ¡Yo sí te cuidé, y en demasía, Juancho! ¡Cuánto me desvivía por arreglar tu uniforme y utensilios escolares, así como tu ropa de salir los domingos y pasearte por las calles más limpias del barrio! ¡Y cuánto ansiaba yo que llegaran los días festivos para llevarte a jugar con las olas marinas! ¡Te amé entrañablemente, Juancho, cómo callarlo! Te quise tanto que ya a los pocos años de estar contigo creía que era tu padre. Por eso, lloré inconsolablemente tu partida. Igual lloré tu ausencia. Tu muerte vive en mí y cada día que vivo muero contigo.

Estoy bajo la sombra
callada del olvido
y pienso en las estrellas
que no alcancé de niño.

Es cierto que Matilde, como hemos dicho, te dio un trato preferencial. Incluso se preocupaba más por ti que por mí. Pero no te asumió como te asumí yo, Juancho. Mi amor por ti fue y sigue siendo hondo, a pesar de las tantas desilusiones que causaron en mí tus malos pasos. Tal vez mi error fue ocultarte la verdad de tu origen. Tal vez debí decirte a temprana edad que Matilde y yo no éramos tus padres. Pero ¿cómo explicarte que jamás supe nada de tu padre? ¿Cómo describirte aquel segundo en que tu madre pasó por mi casa y te dejó en mis brazos? Si para un adulto esto es incomprensible, qué no será para un niño.

Nunca te dijimos la verdad, Juancho, para evitarte un trauma mayor. Era lo mejor para ti, pensábamos. Guardamos nuestro secreto en una zona del alma donde nadie podía hallarlo y nunca hablamos de esto con mortal alguno. Entonces, Juancho, ¿cómo supiste que yo no era tu padre biológico? ¿Quién te lo dijo? Porque aquellas palabras tuyas, tajantes, y, en cierta medida, llenas de odio, no te surgieron de la nada. Alguien te informó de tu pasado. Alguien te dijo por qué tu madre se deshizo de ti. ¿Quién fue el osado, el atrevido en hablarte del recuerdo atrapado en el olvido? ¡Ah, si pudieras hablar y decirme por qué preferiste aquel día volver a tu cama en vez de quedarte conversando conmigo! Aquella niña que estaba a tu lado, porque era una niña, igual que tú, se quedó perpleja cuando te oyó gritar que yo no era tu padre. Se quedó boquiabierta, lo recuerdo claramente. Vio cuando te perdiste en el cuarto donde dormían y no supo qué hacer. Cerraste de golpe la puerta. Ella tembló de arriba abajo. Trató de decirme algo, pero sus labios no articularon una sola palabra. Transcurrieron más de cinco minutos de silencio cuando tu voz estalló en el dormitorio.

—¡Vete y no vuelvas! ¡No quiero verte más! ¡Vete! ¡Lárgate!

La muchacha ocultó la cara en sus manos para que yo no la viera llorar. Me levanté en silencio, como pude. Fui a ella, pero no la toqué ni le hablé. Después, salí rumbo al instituto y terminé en la casa. Las horas transcurrieron lentas y pesadas, pero finalmente la noche tiró sobre mí su manto oscuro. En ese lapso no ingerí nada de comer ni de beber. Tras entrar a la sala, caí afligido en el sillón donde tantas veces dormí al niño. Allí lloré no sé por cuántas horas porque pensé que jamás rescataría a Juancho.

¡Ah, Juancho, retorcido en la cimiente avinagrada del desastre! Aquí terminaba todo y se iniciaba un nuevo capítulo en nuestras vidas. Tú por tu lado, yo por el mío. Aquellas palabras tuyas de que yo no era tu padre se volvieron cuchillos y puñales. Yo las oiría por siempre, Juancho. Sí, por siempre. Hoy resuenan en mis oídos como tañidos desesperados que hieren y ensordecen.

¡Ah, Juancho, Juancho! Todavía a los cinco años, largo como eras, dormías en mis brazos. Mis labios se llenaban de dulces canciones: ¡y no era tu padre! De la mano, salíamos al instituto, donde recibías lecciones especiales para que aprendieras en un par de meses lo que otros aprendían en un año. Desde el día en que Matilde nos dejó, me ocupé de las labores domésticas, y de que no enfermaras. ¡Y no era tu padre, Juancho! ¿Quién iba contigo a jugar en el parque y a bañarse en el mar? ¿Quién estaba a tu lado cuando zambullías tu cuerpo en las turbias aguas del río? ¿Quién velaba por tu seguridad? ¿Quién, Juancho? ¿Quién? ¡Responde, responde! Creo que no superaré la angustia que produjo en mí aquella conducta tuya: insensata e irracional. Este dolor vivirá conmigo hasta que muera, y quién sabe si se crece después de mi partida. Cuando cumpliste tres años, enfermaste de gravedad (extrañamente, desde el momento en que tu madre te abandonó, pensé que habías nacido un primero de diciembre, y así consta en el acta de nacimiento que saqué en el Registro

Civil, como también consta que Matilde y yo somos tus padres). En la noche, la fiebre te subió a cuarenta y dos grados. Tu piel amorató. Matilde, intranquila, te envolvió en una sábana azul, que recién había comprado ella para cubrir tu cama, y me dijo que saliéramos rápido hacia el hospital. Por aquel entonces tenía yo una vieja bicicleta y en ella nos fuimos los tres. Pedaleé como un veterano ciclista y llegamos en un tiempo récord a nuestro destino, tal vez porque estaba a punto de llover. Nunca he olvidado la cara de la doctora que nos recibió en emergencia. Lucía como una muerta porque sus mejillas estaban lisas, tensas. Rígida, y con las piernas cruzadas, ocupaba un sillón destartalado, próximo a una estantería llena de cachivaches en vez de productos farmacéuticos. Era pequeña de estatura y tan delgada que a mí me pareció que necesitaba más ayuda médica que Juancho, pues lo de él resultó ser una fiebre viral y lo de ella quizá era algo peor. Al vernos intranquilos, aquella diminuta mujer planchó con sus manos el cuello de la bata blanca que la cubría y nos invitó a dejar los nervios.

—La paciencia es el medicamento más efectivo contra cualquier enfermedad –precisó.

Se levantó del sillón y examinó cuidadosamente a Juancho. Al rato, fijó su vista en nosotros y nos regaló una sonrisa.

—No es nada grave. Mañana estará bien –dijo y agregó–: Si le sigue la fiebre, báñenlo con agua fría.

Al siguiente día, en efecto, Juancho salió de la casa a brincar los charcos que había dejado esa noche la lluvia.

Por distintos motivos, mientras viviste conmigo

pasé muchas noches en vela. Muchas, Juancho, muchas: ¡y no soy tu padre! ¡Ah, Juancho nocturno en el aura del sueño! ¡Ah, Juancho, haz de estrella solitaria, perdida en la infinitud sideral como un pañuelo en el sombrero de un mago! ¡Ah, Juancho, luz moribunda en el celaje de un destello!

Ocho días después de que negaras mi paternidad, vino a verme al instituto la muchacha que estaba contigo en aquella cuartería. No la reconocí enseguida porque vestía un traje amarillo que la hacía ver más adulta y hermosa. Tenía el pelo bien cuidado, y el rostro pintado con delicadeza.

—Soy yo, la mujer de Juancho. La misma que usted conoció cuando fue a visitarlo –dijo ella.

Aunque era domingo y no había nadie en el instituto, la mandé a pasar a mi pequeña oficina, por lo general llena de papeles, que aprovechaba yo los días festivos para organizarlos. En esto, Matilde me ayudaba, para que yo procurara otros ingresos fuera del instituto.

—Siéntate –le dije.

Pero ella no se sentó. Le echó una ojeada a lo que había encima de mi escritorio, como si buscara algún indicio acusatorio. Miró una foto de cuando Juancho tenía tres años, conservada por mí en un portarretrato que nunca moví del esquinero derecho del mueble. Se arregló un mechón que le caía en la frente y me miró.

—No he venido a molestarlo –musitó.

—Siéntate –le dije de nuevo–. Ponte cómoda.

—No, no se preocupe por mí. Me iré enseguida.

—No tienes que irte enseguida. Siéntate, te lo suplico.

Ella se mordió levemente los labios, miró a todas partes, ahora intranquila, y decidió sentarse. Después, me acomodé en mi poltrona para escucharla. Pero, inexplicablemente, nos quedamos en silencio. Yo debí hablarle primero, pero como estaba ansioso de oír alguna noticia sobre Juancho esperé por ella. En aquel silencio escudriñé su rostro y me di cuenta de lo joven que era. No obstante, por su manera de caminar, como por la experiencia de vida dibujada en sus ojos, aparentaba una mujer de veinte y tantos años, y claro, por su forma de hablar, con aquel dejo tierno y amargo a la vez. Tosí adrede, como quien se limpia la garganta, y ella ladeó la cabeza para no mirarme. De perfil, la confundí con una virgen. Le ofrecí algo de comer, y no dijo nada. Ella había decidido visitarme para darme una información importante: es lo que deduje. Por eso, para no desviar la atención de su propósito, me mantuve callado. Volví a toser. De súbito, ella se paró del asiento.

—¿Quiere que me vaya? —susurró, sin mirarme.

Abandoné la poltrona, avancé hasta ella y le dije que no, que no se fuera.

—Por favor, vuelve a sentarte —le pedí.

—Pensé que estaba molesto.

—¿Molesto? No, no, imposible.

—Como lo oigo toser…

—No toseré más, entonces. ¿Apeteces un jugo natural, un refresco…?

—Agua, un poco de agua. Pero no se moleste. Puedo bebérmela más tarde.

"Vino con la intención de pasarse un buen rato conmigo", pensé al vuelo. Volvimos a sentarnos, y ella le dio rienda suelta a sus emociones y a su voz. Las palabras fluyeron en su boca como agua torrentosa, y gracias a ellas se aclararon muchas dudas que bullían en mi atormentada mente. Conocí aspectos de la vida de Juancho que él me ocultaba y que a mí me resultaron y me resultan todavía inverosímiles. Transcribiré al pie de la letra, a título de testimonio, la confesión de Lay, que así se hacía llamar esta niña.

—Tengo trece años. Ya a los diez era mujer de un hombre que vivía detrás de mi casa. Mis padres lo sabían, pero como el hombre les mandaba alimentos, se hacían los ciegos. Aquel hombre era plomero de oficio y trabajaba todo el día fuera de su casa. Llegaba en la noche, con una botella de ron bajo el brazo. Si el cielo estaba claro se aseaba y cenaba feliz. Después comenzaba a beber. "Amigo –le gritaba el hombre a mi padre–, mándeme a la niña, que debe estar aburrida, y querrá jugar un poco conmigo". Esto sucedía hasta cuatro veces por semana. Una noche mi padre no oyó la voz del vecino y se inquietó. Cruzó a su casa y al momento retornó a la nuestra con un nudo en la garganta. Mi madre le sacudió los hombros para que hablara. "Tiene un puñal clavado en el pecho, y no se mueve", dijo mi padre. Meses después conocí a Juancho, precisamente a una esquina de su instituto. Yo cruzaba por aquí con una batea llena de ropa recién lavada en el río. Sopló un viento tan fuerte que me levantó la falda. "Llevas un panti rojo y está roto. Mañana te regalaré una docena. Dime dónde vives y te los llevaré cuando se acueste el sol", dijo Juancho. Me detuve y hablamos. Le dije quién era y dónde vivía. Él cumplió su promesa. En cuanto oscureció, se apareció en mi casa. Yo estaba sola y recibí sin presión su regalo: doce lindos pantis. "Lávate y ponte uno. Yo preferiría el rojo", dijo Juancho. Y yo lo complací: me lavé y me puse el panti rojo. "Estoy lista", le dije, sin alcanzar a comprender la dimensión ni el compromiso de estas palabras. El caso es que él se acercó a mí en silencio y me puso la mano allí donde la humedad comenzaba a brotarme. Minutos después corrimos hacia un matorral que quedaba a unos treinta metros de la casa y me poseyó. Al término, me dijo que usted era su padre, y que le había dado el dinero para que me comprara los pantis.

Ella pausó como para saber si en verdad yo le había dado ese dinero a Juancho, pero preferí seguir oyéndola en silencio. Su voz, aunque triste y pausada, me resultaba grata y melosa. Hablaba moviendo lo menos posible su cuerpo, con la vista puesta en un punto indefinido. En algún momento me preguntó con un simple gesto de la cara si quería seguir escuchándola y le dije que sí, tras inclinar imperceptiblemente la cabeza.

—Creo que a Juancho le han echado un mal de ojo. Desde un tiempo para acá es diferente. Él hablaba mucho de usted. Incluso, me convenció de que me inscribiera en el instituto. Él quería que yo estudiara. Juancho es bueno conmigo. Me daba parte del dinero que ganaba. Pero ya él no es el mismo. Ahora ve por todas partes animales horribles y demonios. Animales de cinco y diez cabezas que se alimentan con niños. Él me dice que los demonios se le aparecen en el cielo, y lo persiguen. Para salvarse, tiene que hoyar la tierra y esperar allí hasta que a ellos les dé la gana de desaparecer. A veces me da a probar una sustancia líquida que me emboba. Siento que me voy a otro mundo. Según él, nos convendría vivir en otro mundo porque en el nuestro la vida es insoportable. Pero, después de su visita, algo ha cambiado en él. Está arrepentido de haberle dicho que usted no es su padre y quiere volver a su lado, conmigo.

Bajó la cabeza para no verse en el compromiso de toparse con mi mirada, que en ese segundo fue de pasmo, más que de alegría. Debí sentirme alegre porque volvería a tenerlo a mi lado, mas no viene al caso hablar de esto ahora. Yo prefería seguir escuchando a esta niña, para enterarme de todas las mentiras que Juancho le hablaba, y para saber hasta dónde se había deformado el ser que se crió en mis brazos. Quería que ella describiera los animales y demonios que él veía y quería saber desde cuándo andaba él por el mundo de los alucinógenos. Quería oírla hablar de estas cosas, pero ella enmudeció porque esperaba de mí una respuesta relacionada con el posible retorno de Juancho a la casa, en compañía suya, que era su interés, estaba claro. De ahí su visita. De ahí la preocupación por el futuro de ambos. Para Juancho, volver a mi lado significaba enfrentarse a una realidad que ni él ni yo habíamos vivido. No le iba a pedir que se arrodillara ante mí y se autocriticara. Nunca humillé a Juancho. Jamás le dije una palabra ofensiva. Lo corregía, por supuesto, como niño que era. Y como castigo le imponía acostarse temprano, no ver televisión (que le gustaba tanto) y no juntarse en el patio con los amigos. El peor castigo que recibió de mí fue mantenerse de rodillas durante varias horas delante de la puerta de su cuarto con un ladrillo en la cabeza. Quizá me excedí, no lo niego, pero tampoco me arrepiento porque la acción por la cual le impuse el castigo era a todas luces contraria a mis enseñanzas. Se trataba de una acción terrible. Una noche, Juancho entró en la cocina y se apoderó de un cuchillo de monte. Inexplicablemente, lo guardó debajo de la almohada de la cama donde dormía. Esperó a que el sueño me venciera y salió al patio con la decisión de matar a un lindo perro, pequeño todavía, que había traído yo a la casa. Como el animalito ladró más de lo que acostumbraba, me desperté sobresaltado y me tiré de la cama. Entré en el cuarto de Juancho y al no verlo corrí rápido al patio. Allí estaba él, entre sombras, con el cuchillo levantado encima de sus hombros, a punto de acometer el crimen. Cuando me vio, no dudó en entregarme el cuchillo. Tomé al perro en mis brazos y entré con él a la casa. Juancho se quedó quieto en el patio.

—Cuando quieras, vete a dormir –le dije.

Él no contestó, pero me buscó el lado con una actitud sumisa. Fue al siguiente día que le dije por qué lo iba a castigar como está dicho. Juancho no había cumplido siete años y Matilde aún no nos había abandonado. Recuerdo que cuando me tiré de la cama por los insistentes ladridos, ella comentó:

—¡Qué bueno que el perro ladra! Conviene que los vecinos sepan que nuestro perro avisa.

Cuando volví a la cama y le conté lo sucedido, cerró los ojos y se persignó como una beata asustada. Ni ella ni yo dormimos esa noche. Sé que Matilde no durmió porque no la oí roncar. Ella creyó lo mismo de mí. Pero si no dormí, soñé despierto lo que contaré a continuación. Vi a Juancho que avanzaba hacia mí con el cuchillo en la boca. Presa del espanto, no me moví. Con la mano derecha me palpó el pecho, que lo tenía desnudo. Con el pulgar, me tentó el costado izquierdo, la zona por donde el cuchillo penetraría e iría directamente al corazón. Matilde apareció detrás de Juancho, le puso un pañuelo rojo en los ojos, como cuando ella jugaba a la gallina ciega, y lo haló sin pronunciar una sola palabra hacia una neblina azul que salía del lindero de una arboleda. Poco después, ambos cuerpos se esfumaron. Perdido, confundido, me refugié en un tormento que se asió a mi alma y se prolongó por muchas horas. De todas maneras, no fue hasta el siguiente día que Matilde se enteró del castigo que desde muy temprano cumplía Juancho. Ella se levantó más tarde que nosotros y lo halló en esa situación, que ella consideró crítica. Trató de pedirme que lo perdonara, pero no se atrevió a abrir la boca.

—Estará de rodillas un buen rato –le dije a Matilde.

Lloriqueó, volvió al cuarto, se tiró de nuevo en la cama y se levantó justo cuando el crío había cumplido el castigo. Lo abrazó y lo besó con ternura. Alcé mi voz y dije, porque en la vida hay que saber dar las órdenes en el momento oportuno:

—Juancho, no vuelvas a tocar el cuchillo.

Arrugué la frente porque me di cuenta de que la amiga de Juancho tenía una actitud de espera que no la cambiaba por nada. Lucía ansiosa. Quería saber si Juancho volvería o no a la casa. Quería saber cuanto antes qué decisión iba a tomar yo al respecto. Dudé. Vacilé. En fin, me sentí demasiado presionado. No me convenía tomar una decisión a la ligera. No debía aventurarme a decirle cualquier cosa, lo primero que se me ocurriera. No, debía evitar obrar así. No era un problema tan fácil de resolver. Estaba en juego mi amor por ese ser que quise y he querido tanto; pero también pesaba demasiado en mí su comportamiento para conmigo, que representaba la negación de cuanto le había enseñado, desde los más elementales principios de moral y cívica hasta una aproximación a la verdad de nuestra historia y de lo que somos.

No, no me era fácil responderle a Lay en el sentido que ella quería.

—Vuelve mañana –le dije.

—¿Sola? –preguntó ella, al mismo tiempo que se preparaba para levantarse del asiento.

—Sí, sola –le respondí.

Sus mejillas se contrajeron y tragó en seco. Luego salió abatida del instituto. La seguí con la mirada hasta que cruzó la última puerta, que daba a la calle. Jamás he olvidado la manera como la miraba porque yo era víctima de sentimientos que bullían en mi interior como un torbellino de fuego. Por mi mente pasaban vertiginosos todos los segundos y minutos vividos con Juancho, que fueron hasta entonces, en su mayoría, alegres y sanos, pero igual me martillaba la cabeza su extraño comportamiento, asumido, en cierta medida, desde que cumplió trece años, y que a mí me cogió totalmente desprevenido. De ahí que desde aquellos días mi alma se tornara turbulenta y hasta indiferente, no digo yo a las cosas fundamentales de la vida, pero sí al desánimo que suele acompañar al dolor. En mi lugar, otro hubiera caído en un profundo letargo, y habría desatendido el instituto. Saqué fuerzas de muy abajo para sobreponerme al tormento causado por Juancho, y aunque jamás el dolor se ha ido de mi alma, he vivido con la frente en alto, convencido de que no es mía la culpa de su descarrío.

¡Ah Juancho, despistado en el itinerario que pauta el horizonte! ¡Juancho, Juancho, miel y vinagre en la transfiguración imprevista! ¡Juancho, la desgracia en cierne se interpuso en tus pasos! ¡Si supieras las veces que me he golpeado la frente con los nudillos de mis cansadas manos en procura de una respuesta que me aclare cuáles tan grandes motivos o fuerzas intervinieron en ti para doblegarte y encauzarte por el extravío! No me canso de pensar en esto, Juancho. Le doy no sé cuántas vueltas a aquel pasado. Al volver a su origen aparecen, como verdugos, las preguntas de antes, que son las de ahora. Es un círculo del que no he logrado salir. Es como decían los viejos de antes, que de los círculos tenebrosos nadie se escapa fácilmente. Por lo dicho, quien siga estas narraciones habrá de suponer que en cuanto Lay abandonó el instituto, yo tenía preparada la respuesta que le daría cuando volviera. Pero, para más inquietud y preocupación mías, Lay no vino a verme. Ese día me levanté más temprano que de costumbre porque estaba convencido de que todo sería diferente a partir de lo que pensaba decirle a Lay: "No estoy en condiciones de aceptarlos en mi casa", así de simple y llano. Claro, esto era lo que pensaba decirle, no lo que en verdad podría ocurrir. Es posible que teniéndola a ella delante de mí, con su ilusión desbordada en los ojos de vivir con Juancho en mi casa, diera yo mi brazo a torcer. También es posible que mi amor por Juancho me llevara a decirle que, en efecto, yo no era su padre biológico, pero sí su padre, y los padres jamás abandonan a sus hijos. Así es que me levanté bien temprano, está dicho, y como cometí el desliz de no precisar una hora para la cita, me fui al instituto con la idea de llegar primero que ella.

Sentado en mi poltrona, me acomodé detrás del escritorio, revisé algunos papeles, facturas por pagar, y, sobre todo, pensaba y pensaba en Juancho, en si era correcto decirle a Lay cuando estuviera ante mí que le expresara a él mi decisión de no tenerlo más a mi lado y que se labrara por sí mismo su futuro. Y me preguntaba: "¿Está bien que lo abandone, quizá cuando más lo necesita? Sin mí, ¿qué será de la vida de mi querido Juancho? ¿No sería más justo que lo abrigara de nuevo en mis brazos hasta apartarlo de la barbarie que se yergue como un monstruo en nuestro territorio? ¿Podré vencer a ese monstruo?". Yo perdí la cuenta de las preguntas que pasaron por mi mente mientras esperaba impaciente a Lay. Pero ella no vino a verme en horas de la mañana. Entonces, mi impaciencia se hizo notar cuando el reloj marcó las cinco de la tarde y ella no se había presentado en el instituto. Fue a las siete de la noche cuando supe que ya no vendría. No sé hasta qué hora me quedé esperándola. Sí sé que sufrí demasiado durante aquella espera. De vuelta a casa, alicaído, me tiré en la cama y me quedé dormido, diciendo para mis adentros: "No te desanimes. Mañana, a primeras horas del día, se presentarán en el instituto Lay y Juancho". Lo vería a él cambiado y aseado, y con una sonrisa de eterno agradecimiento a mi persona. Y a ella la vería alegre y realizada, pisando con más seguridad la tierra que habitamos. Él me pediría perdón por sus equivocadas acciones, y ella me daría un beso por cederle un espacio en mi casa. Él me abrazaría como un auténtico hijo y me daría las gracias por mis consejos. Ella se ocuparía de cuidar mí alimentación y de ganarse con su laboriosidad mi respeto y cariño. En fin, me parecía que ambos reiniciarían una nueva vida. En adelante, todo sería satisfacción y cordura. Era lo que pensaba.

A la mañana siguiente, me levanté más rápido que de carrera y abrí el instituto antes de la hora acostumbrada. En vez de entrar en mi oficina, me quedé de pie en el vano de la puerta que da a la calle, mirando a un lado y a otro. Cansado de esperar, me refugié en mi escritorio. No quise recibir llamadas telefónicas ni visitas de nadie. Mi mente estaba puesta en Lay, en que viniera lo antes posible a verme. En el ínterin, reconocí que mi posición inicial había dado un cambio radical. Ya no le diría a Lay que no recibiría a Juancho en mi casa, sino que podían venir los dos a vivir conmigo, que allí estarían mejor que en cualquier otra parte. "Dile a Juancho que venga enseguida, que venga ya. Corre y dile que lo necesito", pensaba decirle en cuanto la viera. Pero no la vi. No, no la vi. Lay no volvió jamás al instituto. Jamás. Igual Juancho. Se esfumaron de mi vida como una bocanada de humo se pierde en el aire.

Los días que siguieron fueron terribles para mí. Fui a distintas horas a la cuartería aquella donde conocí a Lay, mas no di con ellos. Se habían mudado lejos de allí, cerca del mar, me dijeron. Fui tras sus pasos a distintos lugares donde la brisa marina se paseaba libremente. Hablaba con humildes pescadores y vendedores ambulantes acerca de Juancho, les decía que era flaco y largo, muy parecido a Juan, el Bautista. A uno de ellos le confesé que había criado a ese muchacho y hasta le conté cuanto había sucedido desde entonces a la fecha. Aquel hombre me escuchó con atención y al término de mi perorata solo dijo:

—Así son las cosas de la vida –y agregó, como para sí–: Resignación y paz.

Al lado de aquel hombre tan sencillo, el mar, aunque agitado, me pareció sereno. Fijé la vista en el horizonte y sentí ganas de llorar. En una nube parda vi el rostro de Juancho, sucio y barbudo. De repente, un fuerte e inexplicable escalofrío recorrió mi cuerpo. El hombre se dio cuenta y se condolió de mí. Me tiró por encima de los hombros un saco de henequén que tenía reservado para guardar la pesca y me invitó a su casa, cerca del mar.

—Piense, piense, los tiempos han cambiado. Por eso, los muchachos se comportan de un modo diferente. A mí me han pasado peores cosas que a usted. Tuve cuatro hijos y todos se me fueron. Por esa sabana de agua se marcharon –dijo, señalando el mar.

Fijé nuevamente la vista en el horizonte y volví a ver a Juancho, no en un pedazo de nube como antes, sino en una ola que se borraba lentamente de mis ojos.

¡Ah, Juancho, dislocado en el tiempo! ¡Juancho, transgresor de las horas! ¡El tiempo, Juancho, el tiempo! El tiempo tiene piernas tan largas que en tan solo una zancada nos ponemos viejos. El tiempo, Juancho, además de pasar rápido, no vuelve.

¿Recuerdas cuando te hacía cerrar los ojos por sesenta segundos, para que valoraras en su justa dimensión la trascendencia del tiempo y el mal que nos ocasionamos cuando no lo aprovechamos? Pasados quince segundos abrías de golpe los ojos porque no soportabas tenerlos tanto tiempo cerrados. ¡Quince segundos, que a veces es lo que dura un parpadeo de amor, te parecían una eternidad! Y yo te animaba a que repitieras el ejercicio tantas veces como fuera posible hasta que alcanzaras la meta. A lo más que llegaste fue a treinta segundos, que es mucho en un niño.

¡Ah, Juancho, celaje de aventuras fracasadas al borde del abismo! ¡Hilo roto en la imprecisión del último bostezo del destello! ¡Ah, Juancho, te fuiste para siempre de mi lado, y para siempre quedó herida mi alma!

Segunda Parte

No sé por qué siempre he creído que te enredaste en la brisa y te fuiste de esta tierra una mañana de enero. Tengo esa imagen fijada en mi mente y no hay forma de que deje de pensar en ella. Te veo desnudo mientras te dejas llevar feliz por la brisa. A veces giras sin cesar como un trompo; otras veces danzas o simplemente ríes a carcajadas, que riman como versos endecasílabos. Es un rimar contagioso e involuntario que se vuelve cada vez más sonoro y se adueña del amplio espacio, abierto ante tu cuerpo sin ataduras. De pronto, te conviertes en el niño aquel que dejó tu madre en mis brazos, y me sonríes, y con tus manitas tratas de tocarme las mejillas. Quieres decirme algo que se vuelve azúcar en tu paladar. Y yo me siento tan feliz que daría lo que nunca he tenido para que ese momento se vuelva eterno, y si ha de morir que muera conmigo. Veo a tu lado el mariachi aquel que todos los fines de semana, de viernes a domingo, se paseaba feliz por las callejas del barrio. Sus integrantes eran mulatos, que vestían con sombreros y trajes para la ocasión, no tan lujosos como los auténticos mejicanos, pero llamaban nuestra atención por la rareza de su brillo diamantino. Tocaban y cantaban en los bares, y en las veladas que organizaban de cuando en vez instituciones caritativas para recaudar fondos, que supuestamente usaban con fines filantrópicos. Ya a tus cuatro años corrías hacia mí a avisarme que el mariachi tocaba en tal o cual esquina, me tomabas de la mano y me hacías correr a tu lado para llegar a tiempo y escuchar todas sus canciones. Matilde nos acompañaba, ¿recuerdas?

—No quiero perderme las canciones mexicanas –vociferaba ella, mientras se unía a nuestra correría.

¡Ah, Juancho, qué momentos tan felices! ¡Cuánto disfrutábamos esas horas! Y pensar, Juancho, que aquello se esfumó como si nada de nuestras vidas. Al pensar en esto, se me revuelve el estómago porque me siento impotente e indefenso ante los avatares del recuerdo. Digo avatares porque no encuentro otra palabra para definir cuánto me ha afectado que los buenos recuerdos hayan sido vulnerados por la congoja y el agravio. Solo de pensar en que la brisa te arrancó de mi lado y te llevó a tierras desconocidas, me turbo y me acongojo.

¡La brisa! ¡El viento! ¡El viento: clamor, incesante bulla! El zumbido en las pestañas. La transparencia abierta, ajena a la sombra. La velocidad asumida en lo invisible. Los presagios que dejan a su paso los coletazos de la última hora. Con el viento agazapado en tus hombros, me iba de paseo contigo por las playas cercanas, porque en mar abierto su sonoridad era otra, algo así como música nacida del misterio. Entre arenas blancas crecieron tus zancadas y se entregaron a la plenitud de la vida. Matilde te ayudaba a levantar castillos de arena, que las olas, impulsadas por el viento, volvían espumas blancas. Tú llorabas, pero ella reía. Entonces, yo corría a consolarte. Te levantaba por las axilas y te soltaba en el aire para que oyeras el alegre zumbido de la brisa y aprendieras a cantar con ella. Después, nos íbamos los tres a buscar cangrejos, allí donde nacían los arrecifes y la brisa no paraba de cantar: a veces triste; otras, alegre.

¡La brisa, Juancho! ¡El viento! Desde tu ausencia, no dejo de pensar por qué la brisa no obró a favor mío si era aliado suya. Porque ella debió impedirte, Juancho, que abandonaras tu terruño, o, en todo caso, advertirte que lo desconocido viene generalmente a nosotros disfrazado de alucinaciones. Somos hijos de un territorio demasiado pequeño, ignorado por la inmensa mayoría de quienes pueblan el planeta: ¡pequeño y profundamente triste! Somos algo así como un velo luctuoso que cubre el rostro ya envejecido de la desgracia o un ronquido infinito que transgrede el sopor del propio sueño. Somos una ligereza en la desventura, un encuentro tardío con la luz, que de tanto esperarnos desapareció en el silencio. Somos esa mentira de la que te hablaba en los primeros párrafos de estas narraciones. Somos el contubernio prohibido, el salto contumaz enganchado en el viento. ¡Somos tantas cosas y no somos nada! ¡Ah, Juancho, pero si te lo decía de niño! No creo que otro padre le haya hablado a un hijo con tanta franqueza como te hablaba. Mi intención era acercarte a la verdad, Juancho. Oye bien: acercarte a la verdad; no a mi verdad. Hablo de la verdad como reflejo fiel y acertado de la realidad en el pensamiento. Por mi parte, desde joven me esforcé por comprender el origen de nuestra risa, de nuestra forma de caminar, tan atropellada, tan caótica; de por qué miramos como si siempre nos estuvieran persiguiendo o de por qué nos acercamos a la música con tanta estridencia. En fin, Juancho, entender nuestra idiosincrasia era un tema que me preocupaba. Y para que ganaras tiempo en la vida, te hablaba, cuantas veces me era posible, de mis conclusiones. También te hablaba de lo maltrecho que somos, y de la tristeza que causa en mí nuestro atraso.

—Nos lastima la ignorancia –te decía.

Pero ningún trauma, Juancho, debe impedirnos que luchemos por conquistar la gloria que se nos ha negado.

Yo te eduqué, Juancho, para ser útil a tu pueblo y a la patria, no para que el viento te moviera a su antojo. Cuando te fuiste aquella primera vez de mi lado, se lo achaqué a cosas de la edad. En mi caso a los trece o catorce años era arisco e impertinente. Hice llorar de rabia a mi madre no sé cuántas veces. Mi padre me amenazaba con pegarme con un látigo si no cambiaba mi actitud ante la vida. Un día, recuerdo, me agarró fuera de sí por el cuello y cuando estaba a punto de ahorcarme apareció mi madre y le gritó asustada que me soltara.

—¿No ves que lo vas a matar? ¡Suéltalo! ¡Suéltalo ya! –le dijo.

Las manos de mi padre temblaron. Avergonzado, me las quitó de encima. Luego, me abrazó y me dijo al oído que lo perdonara.

—Es que tu comportamiento me desquicia –comentó en voz baja.

Ya ves, Juancho, todos pasamos por lo mismo. Es inevitable, pienso. Son ciclos que nos rigen, cada uno con características diferentes. Sin embargo, Juancho, tenemos un cerebro que nos permite entender cuándo sobrepasamos los límites de la cordura.

¡Ah, Juancho, agua tibia que se guarece en las huellas que suelen ser borradas por el tiempo, las olas y la lluvia! ¡Aliento soterrado que estremece la aridez del suelo! ¡Aleteo imprevisto en la distancia! ¡Sombra crucial que le arrebata el bostezo al cansancio! ¡Juancho, Juancho!, ¿por qué desapareciste de mi vida? No me cansaré de preguntártelo. Te lo preguntaré hasta que me vuelva polvo o hasta que tu voz viaje hasta mis oídos y me diga por qué obraste así y de cuáles medios te valiste para salir de esta tierra, si te fuiste por mar o por aire. Quiero saber todos los pasos que diste para emprender tal osadía, Juancho. ¡Osadía que remonta los tiempos de la cadena y el látigo! Siempre me ha sorprendido la capacidad de los pobres para vulnerar el tiempo y asumir la distancia como carne de su cuerpo. Quiero saber, Juancho, cómo fueron tus últimas horas antes de abandonar tu terruño. ¡Qué iba yo a pensar después que te vi en la cuartería aquella, junto a Lay, que no solo te habías ido de la casa, sino que tu partida tendría connotaciones tan lamentables que ya no seríamos los de antes!

Después de un mes sin verte ni sentirte, me era imposible quedarme tranquilo en la casa. Sentí tanta necesidad de buscarte que todos los días hacía una ruta diferente por la ciudad. Te busqué por los lugares más ruidosos e inaccesibles. Visité, tras tus huellas, las barriadas que rodean el casco urbano. ¡Ay, Juancho, tu sombra aprisionada en un llanto que estremece! ¡Tu aliento callado en la distancia! ¡Tus ojos idos por los surcos de la transparencia! Al no encontrarte, me desesperaba, y mis piernas escrutaban inhóspitas cañadas, callejones sin nombres, patios y traspatios con colores cadavéricos. La pobreza tiene cara de cementerio en estos predios nuestros, pero ignoraba su alcance. ¡Ay, Juancho, cuánta desnudez en el aire envenenado! ¡Cuánta desesperanza! ¡Cuánta pestilencia! ¡Cuánto escozor en la piel! ¡Cuánto miedo! ¡El infierno ante la mirada indiferente de todos! ¡Juancho, Juancho, uña partida en la ira del sol! ¡Carne muerta y disecada en la plegaria del día! En una de esas andanzas por los caminos del desamor y el hambre, una mujer cadavérica se arrojó a mis brazos y me gritó con rabia que le golpeara la cara y la matara. Su desnudez de cuerpo entero me impresionó. La solté en el acto y corrí no sé adónde en busca de ayuda. Miré varias veces hacia atrás, sin dejar de correr, y la vi a ella acercarse con premura. No concebía que esa mujer tan débil y enferma, como aparentaba, corriera más rápido que yo. Se acercaba a mí con rabia y espanto en la cara. "Mátame, mátame", gritaba. Dio un salto en el aire y me alcanzó los hombros. Caí bocarriba, con ella encima de mí. No tenía dientes ni senos, y le faltaba un ojo; el izquierdo, creo. Después, se volvió barro en mis brazos. Al recordar este pasaje, me parece irreal, tal vez porque ha sido uno de los momentos más terribles de mi vida. Más tarde la volví a ver. Estaba muerta, tirada en una zanja llena de desperdicios. Se encontraba allí abandonada, sin una sola alma a su lado que la llorara. Un anciano pasó por mi lado y se detuvo a mirarla. Luego fijó la vista en mí y dijo:

—¿Te asombras, hijo; te asombras?

Un misterio se grabó en los labios del anciano,

dejó de mirarme y siguió su camino. Yo lo vi perderse en una bruma como si él fuera parte de ella. Entre tanto, la pregunta de ¿por qué desapareciste de mi vida? volvía a martillarme la mente: estaba ahí, presente, en cada hálito, en cada cosa que palpaban mis manos, en cada hueco de terreno infecundo, en cada mirada, en fin, en todo lo que está cerca y lejos de nosotros. Jamás me respondiste y jamás encontré yo una sola razón para que emigraras.

Desistí de mi búsqueda cuando algunos años después, mientras me disponía a cerrar el instituto, sonó el teléfono de mi oficina. Me acerqué cabizbajo al aparato porque me sentía cansado. Ya era de noche, y el día había sido tan caluroso que no le dio tregua al descanso. ¡Que nada agobia tanto como el calor, Juancho! Cuando tomé el auricular en la mano supe que eras tú quien llamaba. ¡Cómo negarte que me sobrecogí! Me hablaste, mas no me dijiste: "hola, papá", que tanto deseaba escucharlo de tu boca. Apenas pronunciaste mi nombre y me informaste que te encontrabas en New York. Debía hacer mucho frío cuando me llamaste porque tu voz se oía temblorosa. Esa vez traté de preguntarte qué hiciste para lograr tu osadía, pero fue tan breve tu llamada que no me dio tiempo siquiera de iniciar la pregunta. Por eso, a cada instante surge en mí la necesidad de saber cómo fue aquel episodio. Es decir, Juancho, quisiera conocer detalladamente cada uno de los pasos que diste para armar tu partida, y saber, por supuesto, cómo te enfrentaste a esa urbe, a la que llegaste sin tener allí a nadie que se preocupara por ti. En mi afán de penetrar en tu vida, de seguirla de manera enfermiza paso a paso, te veo perdido entre rascacielos y montañas de acero. Desde aquella llamada tuya he soñado no sé ya cuantas veces que estás tirado desnudo sobre la nieve, que la gente pasa a tu lado y nadie te mira: ni los niños se compadecen de ti, Juancho. ¡Ay, Juancho, querubín caído como una hoja seca; pigmento que olvidó el primer muestrario polícromo; fantoche alicaído en los invisibles peldaños de la huida! Estás atrapado en la nieve, te digo, y no puedes moverte porque tu cuerpo se ha congelado. Tienes los ojos abiertos y no hay manera de que puedas cerrarlos, Juancho. ¡Ay, Juancho, Juancho, Juancho! ¡Qué dolor, qué dolor, cuánto dolor en mi alma! Quisiera volar o nadar como un pez para llegar a ti y socorrerte. ¡Cuánto quisiera ayudarte, Juancho! ¡Cuánto quisiera ayudarte! Pero suelo despertar cuando estoy a punto de emprender el viaje hacia tu horizonte. Entonces, Juancho, me aflijo, se me debilitan las piernas y los brazos porque una voz oculta me dice que jamás podré encontrarte. Aún así, Juancho, mantengo vivas mis esperanzas. Por razones que escapan a mi entendimiento, pienso a veces que Matilde también emigró hacia el duro invierno. No sé por qué pienso en esto, pero la veo como una sombra que se desplaza por entre andamios y ferrocarriles, y me figuro que esa sombra te abraza y te calienta, y cuida de ti como lo hacía ella cuando eras niño. De hecho, antes de que cerraras el auricular pensaba preguntarte por mi amada. No sé realmente por qué iba a hacerlo, pero ya me bullía en la punta de la lengua preguntarte: "¿Has visto a Matilde? ¿Estás con ella? ¿Sigue hermosa como antes? ¿Has tratado de saber por qué nos abandonó?". Pero, como está dicho, apenas tuve tiempo de saludarte. Me quedé con las ganas de saber tantas cosas de ti y de que respondieras mis inquietudes. Yo oí claramente el clic, ronco, definitivo, de cuando al otro lado se cerró el teléfono. Miré el mío y lo solté asustado. Volví a mirarlo y en él te vi muerto, Juancho; muerto y desangrado. Tu cuerpo parecía una capa de leche transparente y la sangre derramada te circundaba. La sangre se asemejaba a un pequeño segmento de arenal marino. Te digo que te vi muerto, Juancho. Mis lagrimales se humedecieron y lloré sin parar. Lloré tanto que jamás he vuelto a llorar, Juancho, ni siquiera cuando supe de tu muerte.

Desde aquel día son muchas las veces que has aparecido muerto ante mis ojos, y siempre de una forma diferente. Te he visto morir arrollado por un tren, asesinado en una esquina bajo un farol apagado, asfixiado en un frigorífico, ahorcado en olvidados andamios, baleado por policías borrachos, en fin, en todas las formas posibles, menos en la que moriste. En realidad, cuando me telefoneaste, presentí que no volvería a verte vivo. Nadie me lo dijo, cierto, pero lo presentí. Es más, lo supe. Quizá me lo susurró al oído un retazo de brisa: esa misma brisa que te vio surcar el cielo en un potente aparato, que tras su paso dejó huellas siniestras en las nubes. Digo esto porque a mí se me ocurrió pensar que cruzaste el Atlántico en avión, no en barco, pues siempre te gustaron las cosas del aire, volar como un gorrión, por ejemplo. Jamás sentiste miedo ante las hendiduras que tejen, cual hilo de algodón, los signos celestes. Aquel aparato debió alborotar la paz del firmamento y transformar el azul celeste en llamas rojas. Después, cuando el músculo de acero voló sobre el mar hirió sus profusos colores y las blancas arenas donde la superficie competía con el beso.

Años después de aquella llamada, recibí una carta en la que me contabas que allí las distancias eran tan largas como de la tierra al cielo. ¡Qué ibas tú a pensar que todo sería diferente desde que conociste las líneas de los trenes, la velocidad transoceánica y el ruido insoportable de sirenas que nunca duermen! Te envolvieron las luces y los rascacielos, y las lenguas de las distintas civilizaciones que confluyen allí. Te atrapó la locura, con su secuela oculta de pobreza. En tu carta, que conservo intacta, salpicada de manchas que parecen goterones de sangre, me lo contaste todo en apenas una línea: *Después del cielo, la ciudad de New York es lo más fabuloso que han visto mis ojos.*

Ya por entonces habías vivido la experiencia de las cuatro estaciones, que en nuestro suelo, solo de pensarlas, nos aproximamos a un ejercicio de fantasía.

El otoño me impresiona, a diferencia del invierno, que produce en mí una honda nostalgia, escribiste.

Me hablaste de los trenes subterráneos, de las múltiples conexiones que se entrelazan para ir de un sitio a otro. Me dijiste que nunca habías visto tanta gente en las grietas de la tierra. Aquella experiencia debió ser maravillosa para tu nueva vida, que supuse llena de riesgos, pero también de oportunidades. Después de leer tu carta, te imaginé en grandes avenidas, parado delante de enormes estructuras metálicas. Te vi en tiendas iluminadas las veinticuatro horas del día y en medio de plazas públicas, sometido al constante bullicio de la ciudad. Para ti, sin duda, aquello debió ser la cara opuesta de lo que veías aquí. Pensativo, volvía a preguntarme cómo habías llevado a cabo semejante hazaña. Me dirás que miles de nuestros compatriotas se han arriesgado igual que tú. No importa cuántos han muerto, acotarás, aquí la meta es llegar a New York y sólo cuentan los que llegan. Igualmente dirás que para los otros ha sido más difícil que para ti y han hecho realidad su sueño. Mas no importa lo que digas, Juancho: a mí solo me interesa saber cómo diablos se te metió en la cabeza la idea de cruzar el Atlántico y cuáles pasos diste para salir victorioso. ¿Te ayudó Lay a sufragar los gastos que conlleva un operativo como ese? Por cierto, ¿qué es de ella? ¿Emigró contigo o se marchó más adelante? ¿O la dejaste abandonada en una pestilente cuartería? Se me ocurre pensar, con dolor, no lo niego, que te valiste de su cuerpo para cubrir los gastos de tu viaje. La prostituiste, Juancho. Te convertiste en un chulo de mala muerte y la usaste como traje de alquiler. Te veo en esos intríngulis tan propios del dolor. Entonces, Juancho, se me nublan los ojos y me atraganto de la vergüenza.

¡Pobre Lay! ¡Pobre Lay! ¡Cuánto me gustaría toparme de nuevo con ella y preguntarle por ti! Quizá me dé noticias tuyas. Quizá, digo, porque quién sabe si está muerta. ¡Aquí mueren tantos jóvenes cada día! Te veo igualmente brincando para acá y para allá, cual veterano tránsfuga, en busca de posicionarte en uno de los míseros partidos políticos que controlan los estamentos del Estado o en pandillas dispuestas a matar con tal de acumular bienes y dinero contante y sonante. Te involucras en múltiples actividades nocivas, te ufanas de ser el cerebro de multar a los dueños de colmados y bares, planificas robos a gasolineras, agrupas a infelices jóvenes y los conviertes en matones, en fin, Juancho, un rey de la delincuencia. Pero prefiero no pensar en ese pasado. Sí, Juancho, dejar atrás ese pasado tan incierto me significaría vivir más tranquilamente. Sin embargo, trato de olvidarlo y no puedo. No, no puedo olvidar ese pasado ni impedir que la imaginación me acerque a eventos, imágenes o, en todo caso, a resultados desagradables. Rememoro tus visitas al cementerio, que ahora más que nunca me atormentan. Porque si al menos me dijeras qué buscabas allí, estaría yo más tranquilo: no es igual andar a tientas que conocer lo que palpas y pisas, Juancho. ¿Cómo es posible que Matilde y yo nunca supiéramos la verdad de aquellas visitas?

Tendría que esperar casi un lustro para volver a saber de ti. Te daba por perdido en aquella inquietante urbe cuando el cartero apareció en el instituto y me entregó otra carta tuya. Me hablabas de que te habías hecho ciudadano americano. Pero ¿cómo iba a creerte? *A través de un funcionario muy importante he conseguido muchas cosas, que más adelante sabrás*, decías en un párrafo. Quise tenerte delante de mí y preguntarte: "¿A cambio de qué te ha favorecido ese funcionario?". Cerré de golpe los ojos y en cuanto los abrí seguí leyendo tu carta. Mi vista se detuvo en una frase encerrada en un círculo rojo: *En calidad de soldado, iré a luchar por el establecimiento de la democracia en IRAK*. Perplejo, boquiabierto, porque nunca tuviste inclinación por las armas, apreté la carta en mis manos y me negué a seguir leyéndola. "¡Soldado yanqui; lo que faltaba!", pensé. Dentro del significado trágico que esto tenía para mí, no dejaba de reconocer tu capacidad de penetración en un mundo tan complejo como aquel ni la veteranía que habías desarrollado para obtener la ciudadanía gringa y enrolarte en el ejército. Moriré sin entender qué hiciste para lograrlo. Mas no te valió de mucho tu intrepidez, pues ya ves, te fuiste a Irak y moriste como cómplice de una atroz ocupación. Sí, Juancho, allí moriste. Moriste a las pocas semanas de pisar aquellas tierras de dioses, no sin antes ver con tus propios ojos sus ciudades teñidas de sangre y fuego, donde la barbarie conocería los signos más despiadados de la brutalidad.

Algunos días después de tu llegada, Bagdad había sido destruida y saqueada por las hordas invasoras. Jamás ciudad alguna, salvo Roma, tal vez, había conocido tanto encono, tanta rabia y tanto odio en su contra. Con la hecatombe, desaparecieron los mitos y las leyendas más viejos de la historia. Pero hablar de esto no es oficio mío, sino de antropólogos, sociólogos e historiadores. Por ahora, y en honor de tu muerte, déjame preguntarte: ¿dónde descansan tus piernas cuando la noche se traga la luz de la sombra?

¡Ah, Juancho, a nadie se le ocurrió decirte que estabas en un tris de conocer la barbarie de la guerra! ¡Ah, Juancho, atrapado en el humo vertical y horizontal de la pólvora, de morteros que surcaban el cielo y en el grito rotundo de victoria o muerte proferido por hombres que ocultaban su miedo para vencer el fuego! Jamás pasó por mi mente que alguna vez serías soldado gringo porque de niño fuiste débil y no resistías a tu lado la presencia de guardias ni de policías. Las armas te horrorizaban.

No sé de cuáles tejemanejes te valiste para entrar en la armada estadounidense, que siempre me pareció un paso difícil. Cuando lo leí en tu carta, me di tres golpes de pecho porque lo entendí como un castigo. Desde entonces, no he parado de preguntarme qué he hecho para recibir tan inmerecido pago.

¡Ah, Juancho, dulce amor que trasciende los intervalos más inverosímiles, ahora atrapado en la vorágine de la amargura! ¡Ah, Juancho, tejedor matutino, soñador de bolas de humo que transitan libremente por el cielo, carretillero que recoge las heridas de la noche! ¡Ah, Juancho desgarrado! ¡Juancho, Juancho asesinado! ¡Sí, asesinado! Porque ni siquiera moriste peleando contra aquellos iraquíes que defendieron con honor su patria, No, Juancho, no moriste peleando contra ellos. Moriste asesinado por otro soldado yanqui, oriundo de Chicago. Cuchillo en mano, se arrojó sobre ti y te destazó como un animal. ¡Qué lejos tenías tú que ibas a ser asesinado por uno de tus compañeros y que la violencia se desataría sin control por el mundo! ¡Cuánto me dolió que murieras vestido con el uniforme de soldado invasor! ¡Cuánta vergüenza! Con tu presencia en Irak, negaste mis enseñanzas. Olvidaste que la vida ajena es tan importante como la tuya. ¡Nadie tiene derecho de ultrajar a los demás! La vida es un conjunto de valores que deben estar al servicio de la solidaridad y la paz. ¿Cómo olvidaste que la vida existe para amarnos y superarnos? No me cansaba de decirte que respetaras al prójimo. Sonreías cuando me oías hablar de igualdad, justicia y libertad. Pero ya ves, Juancho, ya ves: con tu muerte se fue a pique nuestro pasado.

Aunque estás muerto, para mí vives todavía. ¡Tú nunca morirás en mi recuerdo! Por eso te pregunto y me pregunto: ¿adónde fueron a parar tus ojos castaños, tu piel de café, tus piernas de corredor incansable? De solo pensarte en medio de bombas y cañones se me irrita el alma y se me encoge el cuerpo. ¡Ah, Juancho!, ¿cómo fue todo aquello? ¿Cómo fue ese primer momento después que te vistieron de soldado invasor? ¿Qué hiciste cuando llegaste a esas tierras de ocultas e indescifrables escrituras? ¿Qué pensaste cuando viste por vez primera la polvareda del inmenso desierto que cuida celosamente las riquezas petroleras de Irak? ¿Qué hiciste para vencer el calor y el fuego que nacen en lo más hondo de aquellas tierras? ¿De qué te valiste para resistir el peso de los artefactos y condimentos que anexan al uniforme? ¿Llegaste por barco o por avión? ¿Cuál fue tu primer destino? ¿Cuántos iban contigo? ¿Cantaban, reían o lloraban? ¿Cuál fue tu primera impresión al oír los cantos de guerra del pueblo iraquí? ¿Cuántas veces tuviste contacto frontal con sus defensores? ¡Ah, Juancho, allí, entre ese humo pesado de la guerra, entre ese polvo que nace en el desierto y se expande a toda prisa por el cielo! ¡Juancho, Juancho!, ¿adónde fue a parar tu decoro? ¿Cuántos niños mataste, Juancho? ¿Cuántos ancianos iraquíes cayeron abatidos a tu lado? ¿Cuántas mujeres violaron tus manos y tus ojos? ¡Qué vergüenza, Juancho! Obraste como un cobarde. Pero mi mayor pena sigue siendo que hiciste lo contrario de lo que te enseñé. ¡Ah, Juancho: la sangre en tus dedos, la pólvora en el olfato, el fuego en la mirada que murió con tu cuerpo! ¡Ah,

Juancho, la vida pasajera! La vida que viaja por los recodos del olvido. La vida que no viviste. Cuando todos creíamos que te abrirías paso por los surcos del conocimiento y del amor, te confabulaste con la barbarie y mira a dónde fuiste a parar: al mundo de la sangre evaporada en el desierto, allí donde la vida es simplemente fierro. Quizá te encaramaste en las alas de la guerra porque ignorabas que ellas te envolverían en la oscuridad y nadie jamás volvería a verte. ¡Ni siquiera yo, que tanto te amé!

Con tu partida, Juancho, tus pasos se perdieron de mi vista y se borraron todas las palabras de tu boca.

En cierta ocasión, a pocas horas de celebrar la Nochebuena, llegaste a la casa embadurnado de polvo, recogido en las calles del barrio. Te pregunté dónde habías estado y me respondiste secamente:

—En ninguna parte.

No sé por qué me mentiste, por qué me ocultaste que ya rondaba en tu mente la idea de abandonar a como diera lugar la isla. No sería el oleaje de la mar intranquila el que te llevaría a otras tierras, sino, como está dicho, el aire que se desplaza con ímpetu a lo ancho del cielo.

Tercera Parte

Reflexiones de Juancho cuando ya estaba muerto

El otro

No sabías qué hacer porque estabas herido.

Peor todavía cuando te diste cuenta de que desconocías la causa de la herida.

Te tentastes donde había sangre, en el costado izquierdo.

Sangrabas mucho.

Así es que tenías motivos de más para estar asustado.

Te miraste la herida.

Temblaste.

La sangre salía a borbotones.

"¿Qué hacer para no desangrarme?, pensaste.

Te pusiste un pañuelo encima de la herida a aun así continuaste sangrando.

Al rato, descubriste que no eras tú el herido, sino otro que sufría por ti.

El cementerio

"El sendero que flanquea el río nos llevará al cementerio",
pensamos.

Seguros de que así sería, emprendimos la marcha.

En el trayecto, tropezamos con árboles carnívoros y con
piedras que tenían grabados signos semejantes a rituales de
otros tiempos, donde predominaba la presencia de la sangre.

Sabíamos que tardaríamos más de una hora en llegar al
cementerio, pero esta vez hicimos la caminata en diez
minutos: un minuto por cada uno de nosotros.

Cuando llegamos, había diez tumbas vacías y diez cruces que
flotaban en el aire con nuestros nombres.

El engreído

"Aunque la garza vuela muy alta, el halcón la mata" le dijo la tarde al engreído.

Él la miró por encima del hombro, dio un giro sobre sus talones y se marchó alegre a la plaza del pueblo.

Miraba con desprecio a las muchachas.

Exibía con donaire su sombrero y sus zapatos, siempre lustrados.

Del mundo, solo le importaba él.

La tarde terminó su ciclo natural y le cedió el paso a la noche.

El engreído se quedó en la plaza.

La noche se enredó en los misterios de sus lazos y se llevó consigo al tipo.

La llaga

Le pusiste el dedo en la llaga que tenía en la frente: llaga de siglos, estigma de vida.

La llaga se le desprendió y se refugió en un rayo de luz que cruzaba en ese momento por el aire.

No volviste a ver la llaga.

Tampoco la llaga retornó a la frente.

Cuando la luz se esfumó, reapareció la llaga, no allí donde había estado siempre, sino en tu frente.

La sentiste en el acto.

La tocaste.

Te dolió.

El de la llaga te gritó que se la devolviera, que esa llaga era suya.

"La llaga soy yo", te dijo.

Tú no lo entendiste.

Él volvió a decirte lo mismo.

No le respondiste.

Así, en silencio, te apropiaste de la llaga.

Los relojes

Todos los relojes se detuvieron a las siete en punto. Mas no se sabía si de la mañana o de la noche porque ese día no hubo amanecer ni oscureció en ningún momento.

Aunque la gente sentía que el tiempo pasaba, nadie se atrevía a decirlo porque todos los relojes seguían marcando las siete. Años después, habría de suceder lo mismo.

Muchos de los que fueron testigos de este acontecimiento vivían, pero no se acordaron.

La planicie

Tú estabas acostado boca arriba, en un lugar seco de la planicie, en espera de que anocheciera para contar como cada noche las estrellas.

La noche se tardó en llegar, tal vez porque se había anunciado, sin que tú te enteraras, que en las próximas horas pasaría un cometa.

De modo que te sorprendiste cuando viste en el cielo una bola de fuego, que arrastraba tras de sí una larga cola.

Te levantaste con la intención de huir, pues el fenómeno te asustó, pero no pudiste dar un solo paso porque tus piernas se enterraron en la planicie.

A otra que violaron

La violó inmediatamente después que el sol se orilló.
Nunca antes había estado el horizonte más rojizo.
Y pocas cosas se movían.
El silencio era sepulcral.
La violó, repito.
Después, la ahorcó.
Miró al cielo, inhaló tanto aire como pudo y descargó contra ella su locura.
Desnudo como se encontraba, la miró fijamente.
Al verla tan quieta y callada fue presa de una terrible convulsión.
Todavía encima de ella, volvió a mirar el cielo. Dijo algo para si y se mordió los labios.
La muerta tenía diez años. Él, veinte.

Perro realengo

Se le clavó un pedazo de vidrio en el pecho. No supo cómo sucedió porque el vidrio cayó del cielo. Se le clavó hondo, muy hondo. Lo extrajo, mas no pudo detener la sangre, cada vez más roja y espesa.

Después, un cuchillo, que también bajó del cielo, le rajó en dos la espalda.

Gritó y cayó de bruces. Se partió la frente, con una piedra. Al instante, se desmayó, pero no murió.

No, no murió.

Un perro realengo se acercó a él y le lamió la sangre.

El gato

El gato se plantó ante mí y me miró fijamente. Era un gato
montés, y tenía los ojos amarillos, parecidos a los míos.
Con sus patas descansadas, el rabo inerte, moviendo
lentamente
de un lado a otro la cabeza, olfateaba el calor que despedía mi
cuerpo.
Estaba harto porque recién le había dado de comer, pero por
alguna razón , que no logré entender en el momento, quería
lamerme los pies, que sudaban a goterones.
Lo espanté con las manos al aire, pero él volvió a mí al
instante.
Vi mis ojos reflejados en los suyos y recordé que de niño
siempre
quise ser gato.
Desde entonces, no he vuelto a espantarlo.

Mi velatorio

Tú no lo vas a creer, pero el muerto que velaban era yo. Me velaban desde ayer. Vi a todo el que vino a darle el más sentido pésame a la viuda y escuché cuanto dijeron de mí. Yo estaba vivo, pero no podía moverme ni hablar. En mi estatismo, solamente yo escuchaba los latidos de mi corazón. En el velatorio, me sorprendió ver gente a la que nunca le resulté simpático. Pero lo que más me sorprendió fue la actitud asumida por la viuda durante el evento. Para mí que estaba contenta de mi muerte. De forma que cuando reviví se lo enrostré en la cara. Ella me dijo que sí, y me presentó inmediatamente el divorcio. Quise morirme de nuevo, pero no pude: que esto de la muerte es siempre impredecible.

EPITAFIO

21 de Marzo de 2003

¡ Ah, Juancho, nunca encontraste las huellas de tu pasado más allá de tu huida!
¿Dónde quedaron atrapadas, Juancho? ¿Quién o quiénes se aprovecharon de ellas?
¿Cómo no te diste cuenta de que dejabas atrás lo aprendido a mi lado?
¿Por qué obraste de esa manera, Juancho? ¿Cómo no reconociste a tiempo tus errores?
¡ah, Juancho, el recuerdo de tu infancia se diluyó en las estaciones de la vida muelle y pasajera!
¡ Qué dolor en mi alma, Juancho! ¡Cuánta amargura en mi voz! ¡Cuánta tristeza en mis ojos!
¡Ah Juancho: sopor y delirio a mitad de la noche; ojos de buey, patas de canguro; piel de cebra, boca de pez; ronquido obstruido en el pulmón lesionado; llaga abierta allí donde la luz vive escondida!
¡ Ah , Juancho, ya no hay marcha atrás porque estás muerto!

Ficción

Sunday, December 18, 2011
Official Day of the End of the Iraq War

Made in the USA
Middletown, DE
30 November 2021